Instrucciones para ser feliz

For all the amazing people
@ 826 DC (my happy
place in Washington, DC)

Best ~~xxx~~ wishes
& all the luck
(lots of magic, too) MJ

Sudaquia
editores
New York, NY.

February 4th
2016

WASHINGTON, DC

Colección Sudaquia

Instrucciones para ser feliz

María José Navia

Sudaquia Editores.
New York, NY.

Índice

You can't choose what stays and what fades away

"No Light, No light", Florence + The Machine

I am unbalanced — but I am not mad with snow,
I am mad the way young girls are mad,
with an offering, an offering...

The Breast, Anne Sexton

I came to buy a smile — today—
but just a single smile—
the smallest one upon your face
will suit me just as well—
The one that no one else would miss
it shone so very small—
I'm pleading at the 'counter' — sir—
could you afford to sell—
I've diamonds — on my fingers!
You know what diamonds are!
I've rubies — like the Evening Blood—
and Topaz — like the star!
Twould be 'a bargain' for a Jew!
Say? May I have it — Sir?"

I came to buy a smile – today, Emily Dickinson

París por la ventana

Para Sebastián

Alguien me dijo alguna vez que la vista de una ciudad por la noche, desde las alturas de un avión, es como la de un transistor al que le han quitado la tapa. Miles de circuitos inentendibles conectados por una energía poderosa y llena de luz. Intento decírselo al señor Kimura, pero ya se encuentra a cientos de kilómetros, aunque solo esté a un apoyabrazos de distancia. Tiene la vista perdida y no ha dicho nada en todo el tiempo que me tomó subirlo al avión y ubicar sus maletas en el compartimento sobre nuestros asientos.

De pronto, como si recordara algo urgente y doloroso, el señor Kimura cierra con violencia la ventanilla. Triste, después de todo, que ni siquiera logre perdonar a París por la ventana.

La primera vez que leí sobre el fenómeno, pensé que se trataba de una broma. Síndrome París, lo llamaba un reportaje de la BBC y yo lo leí con una curiosidad que bordeaba la carcajada. Afuera de mi ventana la vida seguía su curso habitual, mi esposo se encontraba en alguno de sus muchos viajes de negocio, y yo parecía vivir bajo otras coordenadas, buscando refugio entre mis sábanas la mayor parte del tiempo.

Los acontecimientos tienen una extraña manera de entrometerse en nuestros planes. Tres semanas más tarde, estaría haciendo mi primer viaje con el señor y señora Izumi.

Los habían encontrado, al borde del desmayo, cerca de las boleterías de la Torre Eiffel. Los rostros más pálidos que de costumbre, y las manos en interminable temblor. Habían planeado ese viaje por veinte años. Era su sueño compartido, habían aprendido algunas palabras en francés (ninguno de los dos tenía muchas facilidades para los idiomas) y habían acumulado ya una importante colección de guías turísticas. Para ellos, París era la ciudad del romance, ésa que debía ser en blanco y negro, y con mujeres y hombres guapos (llevando, siempre, una boina y una camiseta a rayas) caminando como en cámara lenta. Pero la ciudad los recibió con un día de sol sofocante, con una fila de horas para comprar los boletos para subir a la torre y una muchacha maleducada que simuló no poder entender ninguna de las frases con las que ellos intentaban cumplir su cometido. No ayudó que el resto de quienes esperaban en la fila comenzaran a insultarlos en una mezcla de idiomas de lo más cosmopolita, ni que la señora Izumi empezara a tambalearse en clara premonición de desmayo. El señor Izumi hizo su mejor esfuerzo en sacarla de la fila con algo de dignidad y se sentaron en una banca cercana.

Alguien llamó a la policía.

Y luego alguien llamó a La Agencia.

El señor Kimura se pone los audífonos y ya pierdo toda posibilidad de contacto. Tal vez piense que es mejor así, que ambos nos olvidemos del "incidente", que ambos podamos descansar sin tener mucho que ver el uno con el otro. A mí, en cambio, me parece una lástima. Me gustaría contarle cómo, de niña, me aprendí de memoria las banderas de todos los países (acto que rápidamente pasó a formar parte del repertorio familiar para abuelos y visitas) y que siempre encontré un extraño bienestar en ese círculo tan rojo (y que se me entojaba también tan feliz) en el centro de la bandera blanca de Japón. Me pasé meses dibujándola en todos mis cuadernos al menor signo de aburrimiento, en las libretitas de recados junto al teléfono; en innumerables recibos. Hasta que mi padre me regaló una bandera de verdad y entonces mi cuarto se convirtió para siempre (o esos "siempre" medio escurridizos que permite la infancia) en la embajada de Japón de la casa.

Pero el señor Kimura cierra los ojos y apoya su cabeza contra la ventanilla ya cerrada.

Y yo busco, resignada, un libro dentro de mi bolso.

Desde que habíamos perdido a Martín que mi esposo se esmeraba en buscarme ocupaciones. Una mujer inteligente como tú, decía, y la frase quedaba como en el aire, golpeándose contra las paredes de nuestro pequeño apartamento. Una mujer inteligente como yo, ¿qué?, era mi contrapregunta y entonces era su turno de poner los ojos en blanco o cerrar los puños, en señal de débil amenaza. Era nuestra miserable rutina cotidiana. Ésa que también nos obligaba a reencontrarnos, con más o menos pasión, cada vez que nos quedábamos contemplando como en trance las cortinas amarillas de la habitación de Martín.

Ya en la cama, su voz en mi nuca acumulando valentía, las palabras eran las mismas: Deberías deshacerte de todo eso.

Y luego, el remate, infalible: tienes que encontrar algo que hacer con tu tiempo.

De nada servía decirle que el tiempo en el Planeta sin Martín se medía en unidades diferentes. O que no porque él estuviera ahogando su pena bajo toneladas y toneladas de trabajo, viajes y horas extra, significaba que yo fuera a encontrar el mismo consuelo.

Al cabo de un mes llegaría la oferta, con esa bandera del pasado ondeando a lo lejos, aunque ahora ese círculo rojo en medio de tanta blancura no me recordara más que a la muerte concentrada en una gota de sangre.

Era lo que indicaba el manual: en caso de presentarse un ciudadano japonés víctima de Paris Syndrome (el nombre parecía sonarles más elegante en inglés, aunque a mí me resultaba como recién salido de una mala película de acción), una enfermera debía escoltarlo hasta el aeropuerto, acompañarlo durante el viaje y asegurarse de que llegara sano y salvo a reunirse junto a su familia. Pocas enfermeras estaban dispuestas a hacer el viaje y regresar casi de inmediato (la compañía daba la opción de quedarse hasta por tres días en Tokio); a muchas les parecía una pérdida de tiempo.

A mí, en cambio, el tiempo me sobraba. Pensé que también la distancia me ayudaría a ahuyentar los malos recuerdos.

Mi japonés era bastante precario (lo había estudiado por un par de años en la universidad, resabios de mi fascinación abanderada) así que me comunicaba con los pacientes en una bizarra mezcla de japonés, inglés y un torpísimo lenguaje de señas. Usar el francés estaba expresamente prohibido a menos que el paciente así lo requiriera.

De más está decir que nadie nunca lo había pedido.

El trabajo no dejaba de tener algo de ingrato. Muchas veces los pacientes ni siquiera me dirigían la palabra. Me ignoraban como una presencia molesta. Un testigo indiscreto. Al llegar al aeropuerto, especialmente cuando iban en pareja, se me adelantaban hasta que los perdía de vista. A lo lejos, los veía reunirse con sus hijos quienes me lanzaban, a veces, no siempre, una última miradita de odio.

Tal vez pensaban que algo de la ciudad se venía conmigo en mis zapatos.

El Planeta Sin Martín se inauguró con una llamada telefónica, un taxi que corrió por las calles atestadas de Paris, mis pasos atolondrados en las escaleras, el corazón galopando en los oídos y la puerta que se abrió para revelarme el rostro de ojos enrojecidos de mi esposo y las manos de Susana, la vecina encargada de cuidar a mi hijo, cubriendo su cara como si intentara borrarla de ahí para siempre. La historia no siguió con ambulancias y milagrosas recuperaciones, ni con eternas estadías en la sala de espera, pues no hubo nada que esperar, y hoy el duelo era una ficción que yo no sabía leer. Un planeta donde mi bandera no lograba enterrarse del todo.

El señor Kimura despierta brevemente para cenar. Toma la bandeja que le ofrece la azafata con algo de desgano y temo que vaya a derramar sus contenidos sobre mi falda. Come casi sin hacer ruido.

A él, el Síndrome lo infectó sin escándalo. Lo encontraron en la orilla del Sena, caminando de noche y hablando consigo mismo en murmullos. Cuando fuimos a recogerlo no opuso resistencia. En el aeropuerto, me acompañó en silencio mientras hacíamos el resto de los trámites. Viudo reciente, había ido a París a cumplir con una promesa que le había hecho a su mujer. Era la ciudad en la que ella había estudiado cuando joven y siempre había querido volver. El Señor Kimura había prometido hacerlo en su nombre y ahí estaba, frente a esa ciudad que le pareció tan fría, tan vacía de ella. Nada le decían sus calles, ni siquiera el edificio donde su mujer había vivido en aquella época.

Su día se había ido llenando de frío. No alcanzó a tomar ninguna foto. Cuando ya caminaba demasiado cerca de la orilla del río y con una voluntad punzante de arrojarse en él, decidió hacer la llamada.

Llegamos en media hora a recogerlo.

Miro fotos de Martín en mi teléfono. Ciento cuarenta y ocho fotos para una vida de seis meses. Parece un exceso pero es tan poco. Tan insuficiente. En mi bolso de mano, además del pijama y una muda de ropa, llevo la manta favorita de Martín. No soy capaz de lavarla; tampoco de dejarla en casa cuando no me encuentro en ella. Viaja siempre conmigo. Una vez, al hacer las inspecciones de rigor, un guardia de aeropuerto me pidió abrir la maleta. Para ver mejor sus contenidos, quitó de encima la manta, con sus guantes de látex. Mi grito lo tomó de sorpresa. A él y a mí. Al explicarle la situación en siete palabras, me devolvió mis cosas sin hacer más preguntas ni revisiones.

A veces creo que me parezco a los pacientes que acompaño. A mí también me dieron un portazo las expectativas. Años intentando ser madre, luego meses de espera feliz para que me lo quitaran todo de un plumazo y sin alcanzar a despedirme.

Esa mañana le di su leche (había resultado incapaz de amamantarlo), le canté unas canciones inventadas. Podía sentir su olor, su cabecita tan cerca de mi nariz y su pelo que me daba cosquillas. Al poco rato llamaron la puerta y ahí estaba Susana tan puntual, tan responsable, y ella lo tomó en brazos para que yo pudiera buscar mi chaqueta y partir rumbo al hospital por unas horas.

De a poco me iba reintegrando a la rutina, de a poco iba conjugando la existencia de Martín con aquella vida que yo llevaba antes de su llegada. Ésa era la vida real ahora. Y me resultaba maravillosa.

Descubro al señor Kimura espiando por sobre mi hombro.
He's beautiful, me dice, en un inglés tímido y lleno de acento.
He looks like you.
He's dead, le digo, las lágrimas corren por mis mejillas sin que logre interrumpirlas a tiempo.

La frase, simple, brutal, se instala con fuerza entre nosotros.

I'm sorry, dice, los ojos mirando sus rodillas.
Saca una foto de su billetera. *My wife*, agrega. *Dead, too.*
I miss her.

Una voz anuncia el próximo aterrizaje en múltiples idiomas. El señor Kimura endereza el respaldo de su asiento, pliega su mesita y se abrocha el cinturón de seguridad.Yo, sigo con la fotografía en la mano. No es una foto bonita, no es una foto posada sino que un retrato espontáneo, de un día normal y corriente. Pareciera como si el señor Kimura hubiese sorprendido a su mujer mientras leía con tranquilidad. La imagen se ve algo desdibujada, el rostro de la señora Kimura en una mueca poco graciosa, pero está de una forma absoluta, efervescente, llena de vida. A su lado, mis fotos de Martín parecen fósiles.

El señor Kimura parece adivinar mis pensamientos y vuelve a repetir, como en un mantra: *oh, so beautiful, so beautiful boy*, mientras yo guardo, con algo de tristeza, el teléfono en mi bolso.

Cierro los ojos. Me preparo para aterrizar.

En el aeropuerto lo espera su hijo. Se nota preocupado. Camina a paso rápido a su encuentro. El señor Kimura se despide de mí con un apretón de manos. *I'm sorry*, dice, y no sé si pide perdón por su presente, su pasado, o el mío.

En un café me espera mi supervisor. Le cuento a chispazos acerca de nuestro viaje, relleno el formulario de costumbre mientras se enfría mi taza de té.

—¿Te quedas en el hotel del aeropuerto o quieres aprovechar de recorrer la ciudad esta vez?

Juego con el lápiz en una de las servilletas.

Dibujo un rectángulo y, dentro de él, un círculo rojo.

Salir corriendo

La sangre que da el corazón
es témpera roja que endurece el tiempo

Manuel García

Duele todo. Que nadie te diga que no. Correr duele, moverse duele. Todo duele. Te cuesta venir al gimnasio después de la oficina, no caer en la tentación de volver a casa, aunque, de un tiempo a esta parte, volver a casa haya dejado de ser opción. Hay tantos otros lugares en los que preferirías estar. Sin embargo, la salud es lo primero y el médico ya te dijo que es hora de cuidarse. Sobre todo si estás a punto de destruir de un mazazo la vida que llevas.

Vas a dejar a tu mujer. A tu mujer con la que llevas diez años. La que se ganó siempre todos los premios de la facultad y hoy lee las noticias en un canal de alta sintonía. La que lloró hasta caer rendida esa noche en que murió su hermana. A ella vas a dejar.

La vas a dejar. La frase la conjugas en futuro pero sabes que hay algo de trampa ahí. Tú no vas a dejar a Marcela. Tú la estás dejando. Ahora. En este instante en que decides correr un kilómetro más en la elíptica, aunque estés al borde del ataque cardíaco y las piernas te pesen como el plomo. La estás dejando cuando decides llevarle el desayuno a la cama, cuando te guardas un comentario venenoso porque, para qué, ya no vale la pena. Ya ni tocas el presente, todo lo que haces teje redes hacia el futuro. Todo lo que haces hoy es invertir en sus recuerdos. Que tenga buenos recuerdos de estas últimas semanas juntos. Porque ya pasó el tiempo de las recriminaciones. Cuando hay recriminaciones es porque aún hay esperanza. Debajo de esa amargura está la rabia de pensar que las cosas podrían ser distintas, podrían ser mejores. Pero esa batalla ya está perdida. Las cosas no pueden ser mejores. No van a ser mejores. Eso sí que se conjuga en todos los tiempos verbales.

Pedro saca todos los crayones de la caja y los pone sobre la mesa. Toma un cuaderno, el de páginas blancas, y empieza a dibujar. Por la ventana puede ver a la gente nadando. La puerta se abre para dejar pasar a algún nuevo miembro del gimnasio. Las mujeres que atienden en el mesón lo miran a ratos con curiosidad, a ratos con ternura.

Ha aprendido a usar esas horas en su ventaja. Tres veces por semana. De seis a siete de la tarde puede dibujar sin que nadie lo moleste. A veces alguien se acerca a mirar, lo felicita por su imaginación, por lo brillante de los colores, por la precisión del dibujo, y Pedro sonríe feliz. Es solo una hora y él casi ni la siente.

En el colegio, ya saca las mejores notas en clases de Arte. Puede dibujar cuerpos en movimiento mejor que nadie. Mientras sus compañeros dibujan figuras hechas de palitos, o manzanas rojas y sin sombras ni moretones, Pedro puede dibujar a una mujer caminando, un hombre haciendo señas desde la ventanilla de un avión, una fruta cayendo de un árbol. Su profesora siempre elige sus dibujos para exhibirlos en el diario mural de la entrada del colegio.

Afuera, la gente sigue nadando.

Adentro, la gente sigue nadando.

Pedro está solo en el lobby del gimnasio. Es diciembre y las luces de un árbol de navidad en un rincón le alumbran la cara intermitentemente.

Todo el mundo piensa que correr es evadirse pero ella sabe que no es verdad. Daniela corre y frente a ella se apilan todos sus demonios. No hay nadie que la salve de su cabeza, nadie que guíe sus pensamientos por caminos seguros.

Ha corrido más de ciento sesenta kilómetros en el último mes. Para llegar cada vez más lejos de esa ciudad que quiere tanto dejar atrás, para avanzar por el mapa hasta perderse. Correr es tratar de imaginar que Andrés ya no puede alcanzarla. Que por fin está a salvo. Que ya no pueden herirla ni quitarle el aire.

Se vino a Santiago huyendo y, si bien ya ha pasado un tiempo, ella sigue mirando por encima del hombro cada vez que espera para cruzar en una esquina.

Evita los ascensores. Y subir mucho el tono de voz al hablar. Ha aprendido a ir por la vida sin dejar rastros. Aunque a veces no puede evitar pensar que él puede olerla, sentir su miedo, su desesperación, y que en cualquier momento se lo va a encontrar esperándola a la salida del trabajo. Y ella va a correr a sus brazos como una estúpida. Para que le apague el mundo en un par de días, para que la deje convertida en una sombra de sí misma. Irreconocible. Patética.

Por eso corre. Para que el cuerpo se haga agua, se evapore incandescente, deje de pertenecerle y duela, sí, pero de otra manera, no con esa angustia que se le aloja en el pecho como un abrazo de piedra, sino con el peso de las piernas, el dolor en los brazos, el rugido del corazón en los oídos. El sudor corriendo por su cuello, por su espalda, por sus pechos. El cuerpo despierto. En carne viva. Y así, mirarse en los ventanales, que a esta hora de la tarde de a poco se convierten en espejos, y no reconocerse. Ella, que a veces tiene que refugiarse en el baño de su oficina para encerrarse a llorar, ella, está corriendo, con fuerza, con energía infatigable, esos diez kilómetros que la llevan más lejos, distanciándola de esos años de horror.

Daniela corre, sigue corriendo. No puede parar.

Adriana saca un par de toallas y se desviste para caminar a las duchas. Al principio le costó convertirse en cuerpo, asumir su desnudez y pasearse así tan campante entre tantas otras nalgas, pechos, pubis. Ahora no. Ahora casi no aparta la mirada. Contempla con paciencia de antropóloga perdida en una tribu que desconoce pero respeta.

Podría escribir un tratado de las actitudes de todas estas mujeres frente a sus cuerpos. La que se echa crema, frotándose sus intimidades a vista y paciencia de todas, la del cuerpo desbordado en mil y un pliegues cada vez que hace abdominales en ropa interior en una de las colchonetas del camarín; la que se viste y desviste, tímida, en uno de los baños y baja la mirada cada vez que pasa frente a un cuerpo desnudo. La que tiene todas las costillas marcadas, o cicatrices de cortes en las piernas. La que no quiere estar ahí. La que no se quiere. La que se mira con algo de rabia en el espejo que insiste en recordarle en que no se ve cómo le gustaría.

Adriana camina sin sus sandalias de plástico. Ya no le tiene asco a las baldosas. Le parece ridículo bañarse con ellas. Camina envuelta en dos toallas (son demasiado cortas; una para el torso, otra para el trasero) con su bolso de productos de limpieza (el shampoo, el jabón, la crema para el pelo). Siempre hay gente en las duchas. Alguna vez le gustaría quedarse sola en ellas y poder cantar. Le gusta cantar bajo el agua. Así se siente un poco más libre. Ya dentro, deja las toallas sobre un taburete y se busca los pechos con las manos. Palpa concentrada.

Los encuentra.

Dos bultos, al costado de su pecho izquierdo. De esos de los que hablan las revistas femeninas y los especiales de televisión. De esos que luego aparecen como sombras oscuras en las mamografías y hacen que el semblante de la ginecóloga cambie de soleado a chubascos. Los bultos están allí, sin duda. Dos cuerpos extraños.

A la especialista todavía no la ha visto. Tiene cita esta tarde. Después del gimnasio. Mentiría si dijera que no está nerviosa. Aterrada.

Tienes todo planeado. Vas a esperar que pase el aniversario (en dos semanas y media) y le vas a decir. Un día del fin de semana, en que no tenga que leer las noticias. Por si acaso. No sabes cómo va a reaccionar. Aunque siempre has creído que, si llega a haber un desastre nuclear, van a sobrevivir las cucarachas, la embajada de Estados Unidos en Santiago, y Marcela. Si bien la has visto quebrarse un par de veces, la has visto levantarse tantas más. Siempre estoica. Siempre con una sonrisa. Aunque por dentro se esté fundiendo, envenenada o erosionada por un ácido asesino, Marcela siempre ha salido adelante. Terminó su carrera con promedio impecable a pesar de haber sido abusada por uno de sus tíos cuando niña (una historia que te confesó a borbotones en una noche en que se les pasó la mano con los tragos), que consiguió becas de postgrado y para todo lo que se propusiera, a pesar de la quiebra de la fábrica de sus padres y el suicidio de su hermana, que podía leer las noticias como si nada a pesar de haber pasado la última hora a los gritos con su marido, sí, contigo, al teléfono.

No le has contado a nadie. Va a ser una sorpresa para todos. Un shock incluso, para algunos. No les contaste porque, la verdad,

29

no necesitas más voces en tu cabeza. Ya tienes suficiente con tus prejuicios, con tus recuerdos, con las expectativas de tu familia y la de ella que esperan pronto un nieto que, la verdad, ya no va a venir. Cada vez que piensas en dejar a Marcela, no puedes evitar imaginar a esos tres niños, de ojos grandes y pelo rizado, que alguna vez planearon y que ya no van a llegar a este mundo. Reconócelo. Esa imagen te quiebra.

Pero ella va a estar bien. Le deseas lo mejor. Va a tener una familia linda. Estás seguro.

Sigues corriendo. Medio kilómetro más. Y después, tal vez, un rato de pesas.

Pedro dibuja a su papá adentro de un avión. Como siempre. Lo ve poco, algunos fines de semana, aunque muchos de esos días le toca viajar y entonces sólo queda seguir con su madre. Va en la ventanilla del piloto. Y saluda. Cada vez que ve un avión (una lucecita roja, en realidad) en el cielo, Pedro imagina que su papá le está haciendo señas, que lo echa de menos, que piensa en él. Que sabe cuándo pasa por sobre el edificio donde vive o por la calle por la que justo él va caminando.

Cada vez que vuelve de uno de sus viajes, su padre le trae una caja de lápices de colores. Crayones, marcadores, lápices acuarelables, de tinta gel, con brillos, con las más extrañas formas y tamaños. Siempre lápices. Que ya se acumulan en cajas y cajas en su habitación para espanto de su madre que ya no sabe dónde guardarlos. Hay lápices de Pedro en su cartera, en el baño (especiales para pintar en las murallas), en los cajones de la cocina (para que haga dibujos mientras espera la comida), en los compartimentos del auto. En cada una de sus mochilas (tres), incluso debajo de su almohada. Cuando dibuja, el niño se siente más cerca de su padre, como si pudieran comunicarse a través de trazos y colores, aunque una vez frente a frente poco tengan para decirse. En sus cuadernos del colegio apenas caben los apuntes entre tantos dibujos en los márgenes. Las profesoras no se quejan. Pedro es un buen alumno. Saca buenas notas, tiene amigos. Que haga todos los dibujos que quiera.

En el mesón de entrada, alguien se queja de la suciedad en uno de los baños de hombres. Alguien cancela su matrícula. Alguien llena un formulario. Pedro mira el reloj sobre la pared. Aún queda un poco de tiempo. El cielo que atraviesa el avión de su padre es de un celeste furioso y no hay ninguna nube a la vista.

Las gotas de sudor caen por su rostro y se meten a sus ojos como lágrimas en busca del camino de regreso. Daniela escucha una lista de canciones para correr que ha encontrado en un sitio web. Le gustan. Son todas canciones inofensivas, sin cargas emocionales ni recuerdos. Como pasearse por departamentos piloto, sin rastros de memoria.

Ya comienzan a molestarle las rodillas (ha corrido ocho de los diez kilómetros que se ha propuesto) y el cansancio deja pasar a sus fantasmas del corazón a la sangre. A ratos su corazón se siente como un órgano muerto, obligado a correr por la inercia de la caminadora, sacando a pasear fantasmas. Recuerdos de los malos días se instalan en su cabeza, en las plantas de los pies, llegan hasta la punta de sus dedos. Imágenes de sus años con Andrés, cuando con solo abrazarla por la espalda podía convencerla de hacer cualquier cosa. De dejar su trabajo y acompañarlo a vivir a La Serena, de no llamar a su madre porque podía darle malos consejos, de dejar de ver a ciertas amigas que no le caían bien. Él le decía dos palabras y Daniela desarmaba su vida, la doblaba en pedacitos cada vez más diminutos hasta hacerla desaparecer. Luego venían sus mentiras, esas palabras como llenas de humo, esa sensación de estarlo ecuchando bajo el agua o de que todo el mundo se llenara de agua cuando empezaba a llegar tarde y con las peores excusas, cuando el teléfono sonaba por las noches sin que nadie dijera nada del otro lado de la línea y solo quedaba sonreir y mirar para otro lado cuando alguna de sus amigas le comentaba que había visto a Andrés en algún bar y no precisamente solo.

Junto a él, nunca nada era verdad, nada era sólido. Todo lo que decía se iba transformando con el paso de las horas, de los días. La reunión en la que se había quedado hasta tarde la semana pasada se volvía, horas después, en una cena con un cliente o un trago con una amiga que no veía hace años. Y Daniela apretaba los dientes con más fuerza, tratando de no pensar.

Cada vez que había intentado dejarlo, él había vuelto corriendo a buscarla. Había aparecido en la fiesta de navidad de su empresa, a la salida de la casa de sus padres, incluso había viajado a Brasil a buscarla una vez que había acumulado por fin el valor necesario para irse de vacaciones con unas amigas. Y todas las veces ella había vuelto a él, apenas confundida por el humo de las palabras de siempre, como entrando a una pesadilla con los ojos abiertos.

El sudor cae por su espalda, el espejo le devuelve una imagen de esfuerzo (rostro encendido, brazos brillando de transpiración, el pelo golpeándole la nuca) y Daniela sigue corriendo. Aunque cuanto quisiera gritar.

Todos le habían advertido sobre él en el trabajo. Que están a punto de echarlo por irresponsable, que tiene ataques de rabia y más de una vez ha pasado la noche en una comisaría. Que tiene ideas obsesivas. Que era un mentiroso compulsivo. Que tuviera cuidado. De hola y chao nada más. Tú hola y chao nada más, le había aconsejado Teresa, una de sus amigas. Incluso, la primera vez que los habían visto almorzando juntos, Eduardo, uno de sus compañeros de trabajo, le había hecho una intervención. Dani, estás jugando con fuego aquí. Ya después no te lo vas a poder sacar de encima y yo no quiero que me vengas a llorar. Va a aparecer en todas partes, ya vas a ver. No vas a poder dejar de verlo. Ten cuidado. Te lo digo con todo el cariño del mundo. Te lo digo por tu bien.

Cada uno de los consejos circula también ahora por su venas, y quiere creer que se purifican en el corazón, se limpian. Se acuerda de una clase, un electivo de Estética, que tomó en la universidad. El profesor había dicho que recordar, en latín, significa "volver a pasar por el corazón". Para Daniela correr era eso, literalmente. Recordar,

Adriana camina desnuda por los pasillos del camerino. Hay poca gente a estas horas y quiere hacer la prueba. Nadie la mira. No hay mucho para mirar tampoco. Los pechos ya caídos, estrías en el bajo vientre, la mancha del pubis algo triste. Hace tiempo que ya nadie la toca. Su última experiencia íntima fue el polvo triste con un amigo de infancia que acababa de separarse. Un amor de espectros. Ninguno de los dos parecía realmente interesado en el otro, ninguno parecía estar ahí, sobre esa cama.

No hay a nadie a quién llamar para decirle que tiene miedo. Mejor dicho: no hay nadie a quien quiera llamar. Siempre podría recurrir a su madre, o a una de sus compañeras de trabajo. Pero no, no es a ellas a quienes quiere contar su historia. Piensa en cancelar su cita con la ginecóloga. Decirle que está resfriada, que lo dejen para la próxima semana. Que la navidad, que las compras, que el fin de año. Pero no se atreve.

Saca su ropa del locker. Los jeans que le quedan sueltos, como una bolsa arrugada donde debiera ir el trasero, los calcetines desiguales, gastados en el talón. Los sostenes blancos y algo amarillentos en los tirantes. Hoy los va a lavar, se lo promete. Siente la cara seca. El cloro de la piscina le hace arder los ojos, le deja el pelo mustio, sin vida. Sobre su pecho brilla una medallita de la Virgen de Guadalupe que le regaló su padre luego de uno de sus viajes a México, cuando Adriana aún estaba en la universidad y creía tener todo un futuro por delante. Hoy no está tan segura. Suspira.

Un día su padre viajó a México y ya no volvió más. Un día su padre viajó a México para lanzarse desde el techo de su hotel. Han pasado años y todavía la sorprende esa decisión. Irse a morir al extranjero. Anticipar la llamada telefónica, los engorrosos trámites de repatriación de restos. Y aún así: saltar.

Ya fuiste a ver tu nuevo departamento. No hay nada en él y es mejor que así sea. No quieres ninguno de tus muebles antiguos. Ningún recuerdo de esa historia. Que Marcela se quede con todo. Tiene dos dormitorios y es luminoso. Queda en Providencia, casi al llegar al Parque Bustamante. Siempre quisiste vivir ahí pero ella siempre se opuso. Que no era lugar para criar niños. Qué niños, quisiste preguntarle. Qué niños si hace meses que no me dejas tomarte ni la mano. Pero no dijiste nada y compraron esa casa en Vitacura. Los niños ahora eran Wilfred y Tito, los dos perros pug que se habían comprado para llenar el patio y que tú tenías que sacar a pasear.

No hay nadie más y eso te hace sentir extrañamente limpio. Alguna vez te interesaste por una de las pasantes de la oficina. No pasó nada. Con suerte te aceptó un café después del trabajo y se dedicó a mirar el reloj durante todo el tiempo que estuvieron juntos. No, no hay nadie más. Puedes terminar todo en el más estricto protocolo. Como dos adultos.

No sabes si Marcela se lo ve venir. No la ves feliz tampoco pero, quién sabe, tal vez en su cabeza esto es una derrota inaceptable. Tal vez para ella, no importa lo terrible de la situación, siempre se puede seguir luchando.

La elíptica marca una alerta en tus pulsaciones. Te pide que bajes la velocidad. Tú detienes del todo la máquina.

Pedro ya va pintando de gris el avión de su padre. Ocupa un lápiz especial con brillos plateados para marcar el contorno de las alas. Un hombre se sienta en un sillón cercano y lo observa. Pedro sigue pintando sin prestarle atención. Para Pedro el mundo es un lugar seguro. Con toda certeza volverá a casa en unos pocos minutos, su madre le hará una sopa primero y luego comerán carne o pollo con ensaladas. Mañana se va a levantar temprano para ir al colegio, tomará leche con chocolate y dos tostadas de desayuno. Sacará buenas notas. Recibirá felicitaciones de parte de sus profesores. El domingo va a venir su padre a buscarlo y saldrán a comer helados. Tal vez venga con una nueva caja de lápices bajo el brazo.

En sus dibujos hay confianza en el mundo. Aviones que no se caen, cielos sin nubes ni lluvias, pasajeros sonrientes mirando por las ventanas. Pedro nunca ha viajado en avión. Tal vez el próximo año, le ha prometido su padre. Tal vez un viaje corto, a Buenos Aires podría ser, los escuchó un día conversando con su madre. Y eso lo llenaba de ilusión.

Nueve kilómetros y medio y su cuerpo es pura agua. Los golpes de sus zapatillas contra la cinta la adormecen, dejándola en un estado casi hipnótico. Ya se ha limpiado de los fantasmas y los recuerdos que más le duelen. Quedan algunas palabras de Andrés aún sobrevolándola. Esas que suenan a verdad, esas que se le quedan como un halo sucio sobre el corazón. Las que la revolotean cuando sale del trabajo y camina de vuelta a su casa, las que se quedan en sus oídos mientras prepara la cena para ella sola, en su apartamento vacío. Entre esas cuatro paredes no hay mentiras, es cierto, pero tampoco hay risas ni esas conversaciones felices que podían durar la noche entera.

Y, sin embargo, fue una buena decisión.

La cinta de la trotadora se detiene. Daniela tiene el pelo revuelto y sonríe. A su lado corre una chica más joven (¿dieciocho, diecinueve años?), un hombre algo mayor camina con esfuerzo. No los conoce pero se siente acompañada. Como si nada malo pudiera pasarle. En casa, en cambio, si se cae en la ducha, los vecinos tardarían semanas en echarla de menos. Aquí, por el contrario, la vez que se tropezó, aparecieron más de cinco personas a recogerla. Una chica incluso le preguntó si estaba "en la zona", lo que le sonó de lo más místico.

Adriana se seca el pelo frente al espejo del gimnasio. Un espejo amplio, de pared a pared. Imposible esconderse frente a él. El cabello le cuelga como una lengua húmeda. Tiene aún el rostro enrojecido por el ejercicio, los dedos de las manos arrugados. Debe apurarse si quiere llegar puntual donde la ginecóloga. Pero se toma su tiempo. Se peina con cuidado, se echa un enjuague, esparce crema por sus brazos.

Por el espejo, puede ver a cuatro mujeres desnudas en el camerino. Vistiéndose con más o menos prisa; más o menos vergüenza. Entre ellas está también el cuerpo vestido de una de las mujeres de limpieza, con su uniforme burdeo como un moretón entre tanta palidez. Piensa si le parecerá bello el espectáculo o ya estará acostumbrada a tantos cuerpos. Parece algo ausente mientras va recogiendo algunas toallas tiradas en el suelo, o se acerca con decisión a los baños para cambiar el papel higiénico. Movimientos extraños entre tanta pausa.

Piensa en cómo le contará a Pedro. Tal vez deba decirle algo camino a la consulta. Hacer una marca en este día, en su calendario. Para que, si pasa lo peor, su hijo pueda mirar hacia atrás y recordar esa conversación tan llena de sabiduría. Pero, la verdad, no sabe qué decirle. Lleva toda la semana pensando en ello. O tal vez deba esperar al veredicto de la doctora. Se imagina las palabras saliendo de su boca como en cámara lenta y su hijo, sin intuir nada, esperando afuera, en la sala, entre revistas que no va a querer leer. Sólo unas cuantas palabras para desarmar el mundo.

Adriana termina de guardar su ropa en el bolso.

Siente frío.

Al pasar junto a la mujer de la limpieza, se despide. Le desea una feliz navidad.

Estás cansado. No miras a nadie camino a los vestidores. Odias la conversación trivial. Siempre te ha parecido tan preciso que en inglés se diga "small talk", como palabras pequeñas que apenas se empinan en puntas de pie. Todavía estás agitado. Los brazos brillantes en sudor. Pero hay que hacerlo. Tu corazón ya no es el de antes. El doctor lo había recomendado. El terapeuta lo había recomendado. Después del episodio aquel, ¿te acuerdas?, de esa crisis de pánico que te dejó todo transpirado después de una reunión de rutina. Nada importante, solo tus empleados, una reunión de comienzo de semana y, sin embargo. Sin embargo las paredes blancas te resultaron más amenazadoras que nunca. Sin embargo, el corazón empezó a latir tan rápido. De pronto, estaba en todas partes: en los dedos de las manos, en los oídos, en tus piernas. La sala completa: un corazón latiendo.

Pedro comienza a guardar, uno a uno, sus lápices. Las manecillas del reloj indican que su madre ya está por salir del ascensor, con cara de cansancio. Y él debe estar listo para no incomodarla. Odia cuando llega y Pedro aún está dibujando. Como si fuera un acto de alta traición. Dobla en cuatro la hoja de su dibujo. Escribe PAPÁ en letras rojas.

Daniela se abriga en el lobby. Prefiere ducharse en casa. Siempre le ha incomodado compartir los vestidores con tanta gente. Le da vergüenza reconocerlo, pero aún se pone nerviosa antes de salir a la calle. Ese afán de mirar mil veces a todos lados, o bien dejar pegada la vista en el suelo. Conjurar una capa de invisibilidad. Salir corriendo.

Adriana ve a su hijo que termina de cerrar su mochila. Preparado ya para salir a la calle. Se le aprieta el corazón. Por un segundo piensa en regresar a los vestidores, darse otra ducha, pero Pedro levanta la vista y no le queda otra que sonreír. Oscar a la mejor actriz de reparto.

Cuatro personas esperan para cruzar la calle. No se miran, o tal vez sí. Tal vez el niño se detiene por un instante en las zapatillas de colores de Daniela, o en el maletín de ese señor que respira tan agitado. Tal vez le intrigan los ojos algo enrojecidos de su madre, quien evita mirarlo.

Al dar la luz verde, los cuatro caminan lentamente. Con los pies cansados.

Caminan sin querer llegar a casa.

Paseo

Ni Daniela ni Ignacio habían querido sumarse este año. Ella que las náuseas, que el embarazo, él que el trabajo, que estaba agotado. Roberto hace años que vivía en Londres.

Pedro se sube a mi auto dando un portazo sin querer. Somos los que somos, dice.

Años atrás, nos habían prestado una minivan del colegio para hacer el paseo de ese año con los del electivo de literatura. El destino era, como siempre, la casa de Pablo Neruda en Valparaíso, la Sebastiana. Ya habíamos ido a Isla negra el año anterior, a la Chascona un domingo aburrido e incluso habíamos peregrinado a Cartagena y Las Cruces en busca de la tumba de Huidobro y la casa de Nicanor Parra. Llevábamos nuestros cuadernos o libretas de apuntes, e incluso uno que otro libro del poeta, a manera de inspiración.

Nuestro profesor, Jaime Lagos (O Jimmy Lakes, como le decíamos en nuestro inglés de pronunciación británica ridícula de colegio presuntuoso) era fan absoluto de Neruda y los ojos le brillaban y sacaba mil fotos en cada uno de los paseos. Mientras manejaba nos iba contando anécdotas de su vida e incluso ponía discos con la voz de Neruda recitando sus veinte poemas de amor.

Nosotros los odiábamos en secreto, pero no se lo decíamos, más contentos de leer a Salinger o Kerouac en nuestro tiempo libre.

Pero él estaba empeñado en que nos gustara la literatura chilena. Nos sacaba a caminar por Santiago para mostrarnos la casa donde había vivido José Donoso en Providencia o el lugar en el que María Luisa Bombal le había disparado a su Humberto. Nos hacía recitar poemas en voz alta, inventaba ridículos concursos en los que debíamos cambiarle el final a cuentos de Bolaño e incluso nos había regalado unas camisetas que decían "haz florecer la rosa en el poema". Eramos los raros del colegio. Los que no queríamos ser ingenieros, ni abogados, ni médicos. Los que se arriesgaban a ser pobres, como si no nos importara.

Aunque, en el fondo, estábamos aterrados.

Van a estar bien, ya van a ver. Ustedes van a estar bien, nos decía Jimmy y nosotros hacíamos nuestro mejor esfuerzo por creerle.

En ese último viaje, todos un poco estresados por la Prueba de Aptitud, apenas hablamos durante el camino. La voz de Neruda flotaba como un cetáceo pesado y gigante dentro del auto y Jimmy parecía, como siempre, transportado por las palabras.

Quiero creer que yo era su alumna favorita. Había ganado el premio de poesía del colegio tres años seguidos e incluso me habían seleccionado para una antología de poesía joven a nivel nacional. Mi Gabriela Mistral, me había dicho al enterarse de la noticia, mientras yo pensaba: Mi Alejandra Pizarnik. Mi Alfonsina Storni, mi Sylvia Plath.

Jimmy Lakes era el profesor más joven del colegio. Me gustaría poder decir que todas las chicas estaban enamoradas de él, o estuvieron a punto de estarlo en algún momento, pero no es verdad. Todas, eso sí, le tenían como un cariño tibio, que no alcanzaba para mucho pero que era mejor que nada. A todas alguna vez nos fue a dejar a nuestras casas en su Volkswagen escarabajo; a todas alguna vez nos compró un helado en la cafetería del colegio. Era amable Lakes, insoportablemente amable. Empalagoso. Los demás profesores lo esquivaban un poco, saludándolo de lejos. Los profesores que eran demasiado amigos de sus estudiantes siempre acababan en problemas, todos lo sabíamos, de ahí que a Lakes pareciera seguirle como una nube de infortunio presagiando el desastre.

Por mucho que odiáramos a Neruda (o que hubiésemos decidido hacerlo por esos años) todos quedamos encantados con la Sebastiana. Habíamos estado antes en Valparaíso, era destino obligado para celebrar el Año Nuevo, uno de esos ritos ridículos, pero nunca nadie había visitado la casa. Mientras el guía nos hablaba de las muchas colecciones del poeta, con objetos en estado de saturación en todos los espacios, nosotros admirábamos la vista, ese mar que parecía entrar con fuerza por la ventana, sobre todo la del cuarto de Neruda.

Jimmy nos dio, como siempre, media hora para deambular solos y escribir alguna cosa. Reflexiones, las llamaba, y el nombre nos parecía putrefacto. Yo me quedé en la habitación, tratando de imaginar qué se sentiría despertar todas las mañanas con esa vista; casi todos se fueron al jardín, algunos a la cafetería y Rebeca desapareció. O eso supimos a la media hora cuando volvimos a reunirnos.

Jimmy se puso pálido. Hablaba con los encargados del museo a los gritos y, por primera vez, nos pareció un profesor, o la versión de profesor a la que nosotros estábamos acostumbrados: viejo, como gastado por la vida, como cansado de todo. El miedo no duró mucho; al poco rato apareció Rebeca con la blusa sin un par de botones, el pelo más desordenado que de costumbre, y el rostro encendido. Un turista gringo se despedía de ella con un beso.

Jimmy le dijo que era una vergüenza; yo pensé que Neruda estaría orgulloso de haber provocado esos desajustes en nuestras filas.

Lo olvidamos pronto; entre el plato de fondo y el postre de nuestro almuerzo en algún local que no recuerdo en los cerros de Valparaíso. Fue entonces que nos contó de su novela. Todos esperábamos que escribiera poesía; lo de la novela nos sorprendió. Que ya estuviera casi terminada, aún más. Y él quería saber nuestra opinión. Es la opinión que más me importa, enfatizó.

El vapor del caldillo de congrio (era así de cliché el viaje; estábamos obligados a pedir ese plato) me empañaba los anteojos, pero de pronto sentí un cuaderno pesado entre mis manos y la voz de Jimmy que decía, vamos Elisa, lee algunas páginas.

Mientras hojeaba buscando algo para leer, Jimmy nos contó el contexto de la historia. Se trataba de un hombre que decide dejarlo todo y partir de viaje por el mundo. Ha tenido una existencia burguesa toda su vida y de repente se cansa. Jimmy usaba palabras como esa, burguesa, en todas sus oraciones, palabras como de otro tiempo que a nosotros no nos decían nada. Palabras perdidas para siempre en una novela de Thomas Mann o ensortijada en los textos de Marx.

Es un viaje de descubrimiento – dijo y pude ver cómo Rebeca ponía los ojos en blanco.

Nosotros no sabíamos nada de la vida de Lakes. Nunca nos contó mucho y nunca le quisimos preguntar. El cuestionario clásico que le hacíamos a todos nuestros profesores (¿está casado? ¿Tiene hijos? ¿Cuántos años tiene?) lo contestó con unos escuetos, no, no, y treinta y dos. Y ya no le preguntamos más. En ese tiempo nos parecía que tener treinta y dos y estar soltero era una desgracia, un fracaso del que no debía preguntarse más. Hoy me pregunto si habrá tenido hermanos, o alguna novia; si era feliz haciendo clases, pero en ese momento sólo me preocupé de buscar algún pasaje para leer en voz alta.

Cada capítulo llevaba el nombre de una ciudad del mundo: Venecia, Tokyo, Madrás, El Cairo, Sofia, Madrid.

Encontré uno. Leí para que todos escucharan.

Pedro me pide que pare en la estación de gasolina. Me muero de hambre, ¿quieres algo? Dice las cosas sin mirarme. Nunca me ha mirado mucho. Porque es tímido, dice. Porque no hay mucho que mirar, pienso yo. A veces me lo encuentro en la universidad. Si bien él estudia Literatura y yo Arte algunas de sus clases son impartidas por mi

Facultad. Cuando me ve me saluda con un guiño que no alcanza a ser amable y sigue caminando. De los demás, Daniela estudió Psicología, Ignacio Arquitectura, Roberto Diseño industrial y Rebeca pedagogía. No nos juntamos mucho, salvo para hacer el viaje de todos los años.

Recuerdo que todos me miraban expectantes y que, al ir leyendo se fue formando un silencio espeso, incómodo. En la Venecia de Lakes, la gente se bañaba en los canales; en su París el personaje se quedaba hasta tarde bailando en la discotheque que quedaba en la cima de la Torre Eiffel; en sus viajes por China el protagonista se hospedaba en La Gran Muralla. En su versión de Londres era posible entrar al Palacio de Buckingham a saludar a la reina.

-Ah, una novela fantástica – dijo Roberto entre risas y nosotros suspiramos aliviados. Hasta que Lakes preguntó extrañado que porqué decía eso y entonces todos quisimos desaparecer.

No sé qué le habrá dicho Roberto para explicarle; después del comentario dejé el libro sobre la mesa y fui a encerrarme al baño, avergonzada. Al regresar, ya estaban pagando la cuenta y todos tomaban sus chaquetas para volver al auto. Nunca le pregunté. Ni siquiera después de todos estos años. Pero el viaje de regreso fue en silencio. Lakes puso una estación de radio bien bajito y todos nos hicimos los dormidos.

Volvemos a recorrer La Sebastiana sin hablarnos. Pedro sale a fumar al patio; yo, vuelvo a quedarme un rato en la pieza de Neruda. No tomo notas, ninguno de los dos saca fotos. Pedro compra un par de postales en la tienda del museo. Para mandarle a Roberto, dice.

Sé que no va a enviarlas.

-¿Tienes frío? – me pregunta, la vista siempre en los zapatos.

-No mucho – contesto.

El día de la graduación, Lakes estuvo en primera fila. Me gané el premio de excelencia, el de actitud de servicio y el premio del profesor. Todas las veces que me nombraron lo vi aplaudir con fuerza. Cuando llegó el momento de los premios de los electivos, creo que incluso me levanté de mi asiento un segundo imperceptible antes de que dijeran mi nombre. Lakes me dio un abrazo, un diploma y un paquete de regalo. En él venían, para mi sorpresa, las Poesías Completas de Alejandra Pizarnik.

Mientras mi papá iba a buscar el auto, fui corriendo a la oficina del Departamento de Literatura. Lakes estaba solo. Se sacaba lentamente la corbata y la ponía dentro de su maletín como si fuera a quebrarse.

—Profesor— vengo a despedirme.

—Ya puedes decirme Jaime, me dijo con una sonrisa a medias.

Conversamos un poco; le conté de mis planes para las vacaciones, le prometí que seguiría escribiendo. Casi al salir, le pregunté por su novela. "La están leyendo unos amigos que trabajan en editoriales", dijo. "Cruza los dedos por mí".

El vapor del caldillo de congrio vuelve a empañarme los anteojos. Los dejo sobre la mesa y el mundo a mi alrededor se convierte en una mancha. Pedro mordisquea desganado una empanada y mira por la ventana.

—Los tengo cruzados —dije, y los ojos se me llenaron de lágrimas.

Lakes se acercó a mí y se despidió con un abrazo largo. Era un poco más alto que yo y sus manos se sentían pesadas sobre mi espalda. Su camisa estaba húmeda.

Con sólo mover un poco mi cabeza logré besarlo. Sus labios estaban tibios pero sin sabor a nada.

Susurré: Gracias por todo.

Y me fui.

Al poco rato vi las luces apagarse en la oficina.

No es necesario ir para allá si no quieres, Elisa, me dice Pedro mientras me pongo el cinturón de seguridad. De todas formas, ya casi no queda nada. El alcalde ése la mandó a demoler, ¿te acuerdas?

Ya no lo escucho. Enciendo el motor y las manos me tiemblan.

Nunca más volvimos a verlo aunque yo busqué su novela en los estantes de bibliotecas y librerías por un tiempo. A los pocos meses, Rebeca nos mandó un link a un diario de Valparaíso.

En el artículo — que todos imprimimos, o guardamos, o una mezca de ambas —el nombre de Jaime Lagos sale repetido siete veces. En la foto que lo acompaña, se ve a un carabinero en primer plano. Al fondo, inocente y a plena luz del día, la Piedra de los suicidas: La Piedra Feliz.

Online

La primera vez fue casi sin pensarlo. Les había parecido lógico, algo que los ayudara a mantener la calma mientras terminaban de pensar las cosas. Hoy se cumplían cinco meses desde ese entonces y Mariana y Gaspar, cada uno desde un lugar distinto de la ciudad, se apresuraban por llegar a casa.

Gaspar decía que habían terminado; Mariana, que habían roto. A ella le gustaba su expresión, le parecía de lo más honesta... verdaderamente se había sentido como un quiebre, una trizadura de lado a lado del bajo vientre, como una cesárea. Gaspar ya no sabía que pensar.

Y ahí estaba Mariana, guardando un poco a la rápida unas carpetas en su escritorio, revisando los hallazgos del día: una bufanda, un solo guante, un cuaderno (sin nombre, con solo un par de dibujos en su interior), unos cuantos lápices (de esos que era mejor dejarse sobre el escritorio porque, la verdad, nadie volvería por ellos) y una pulsera. Era linda. Y algo pesada, como de plata, con unas pequeñas llavecitas colgando de ella. Se veía bien y reluciente en el fondo de la caja.

A Mariana le tocaba lidiar con esos objetos, con la despreocupación de toda una masa de estudiantes, con el stress de los exámenes que los tenía olvidando sus pertenencias en todos los rincones de la biblioteca. Lost and Found. La expresión siempre le había generado ternura. Lost and Found. En su país se decía Objetos Perdidos, tal vez porque, donde ella vivía, la gente no tenía la confianza o el optimismo necesario para creer que volvería a encontrar aquello que había olvidado. En su biblioteca no, en este país, con sus minuciosos órdenes y clasificaciones, esas cosas no pasaban. Por eso el Lost and Found: perdido y encontrado. Y a Mariana le daba una cierta cuota de esperanza, saber que siempre había alguien que podia encontrar lo que habías perdido. Te pierdes y te encuentran.

Mariana llena la planilla con los hallazgos, con los olvidados. La verdad, nadie se preocupa mucho de ellos. Es una formalidad, en toda universidad que se precie de tal debe haber una división para los objetos olvidados. Y en ésta, Mariana está a cargo.

Duda un poco antes de anotar Bracelet en la entrada del día de hoy. La sostiene a contraluz, buscando alguna inscripción, algo, pero nada.

Una vez apareció un anillo de matrimonio. La chica que se encargaba de deambular por las salas de estudio, cuando la universidad estaba por cerrar, se lo había entregado un poco ceremoniosamente, como asustada. *It's a wedding ring*, había dicho. Como si el objeto en su mano no fuera cualquier olvido (probablemente no lo era) sino la prueba irrefutable de que el mundo iba de mal en peor. Mariana había guardado silencio. Luego, a solas, había buscado, en el interior del anillo, su propio nombre. (Las cosas andaban así de mal con Gaspar. Habría sido un gesto casi poético). Pero no, no había ninguna inscripción. Esa noche, Mariana había tardado un suspiro en catalogar el objeto, como si estuviese embrujado o maldito, luego lo había dejado en la caja...esperando que alguien apareciera. Esa noche, Mariana trabajó un poco más de lo habitual, esperando que apareciera la mujer u hombre desesperado buscando su anillo y así ella pudiera ser la salvadora, trayendo algo de equilibrio a esta ciudad ruidosa, a este mundo cruel.

Todo estaría en orden.

Pero no. Nadie apareció.

Hoy, Mariana mira por sobre su hombro buscando a su supervisor, viendo si hay alguien que la observe. Pero nada. La pulsera sigue en su muñeca y ahí se queda.

Mariana termina de guardar sus cosas y sale rumbo a la calle.

Gaspar lee intraquilamente. Lleva un par de horas en casa, aunque más se siente en un set teatral, como un intruso, evitando dejar huellas de su visita. Incluso se lo pensó largo rato antes de servirse un vaso de agua. El sabía que Mariana no se molestaría. Eso, probablemente, era lo más triste de todo. Piensa en llamarla, tiene algo de retraso. Han quedado de juntarse a las cinco, como siempre. la diferencia de horario es perfecta y se acomoda también a sus copadas agendas. Mariana está atrasada y Gaspar tamborilea con los dedos en la mesa del comedor.

Es un poco muy elegante, la mesa. Mariana había insistido en que tendrían muchas visitas y que era mejor tener un comedor grande (en un apartamento por lo demás de minimísimas proporciones) y las sillas andaban siempre molestando. Siempre estorbando. Eran días malos y Gaspar había preferido no opinar. Para qué. El comedor no era un lugar que él ocupara mucho, ni siquiera para comer, siempre habían tenido el pésimo hábito de cenar en la sala, sentados en el suelo, cada uno con su bandeja y mirando para un lado distinto. Como ausentes. Siempre, incluso en sus mejores momentos.

Y sí, la verdad, el comedor era ridiculamente elegante, exageradamente grande.

Desproporcionado.

Mariana camina a paso rápido. Podría tomar un taxi y evitarle la espera a Gaspar, pero para qué. Siente una extraña satisfacción al pensarlo en su apartamento, buscando pruebas de olvido. Lost and Lost, nada de Found.

Se habían conocido en la fiesta de un amigo en común. En la cocina de la fiesta. Gaspar buscaba una copa limpia y Mariana miraba por la ventana un poco distraída. Ella odiaba las fiestas. Se sentía como una intrusa, como vistiendo ropas una talla muy grande, mientras Gaspar buscaba y rebuscaba en alacenas y cajones. Nada. Todas las copas estaban repartidas por la casa entre los distintos invitados. Entonces Mariana había reparado en él y su aire de indefensión; con una botella de vino tinto en la mano, bien afirmada, como si fuera un hallazgo del que jactarse y sin saber qué más hacer. Mariana avanzó hacia él enarbolando un sacacorchos: ¿necesitas ayuda?

Necesito una copa, dijo.

Y quién sabe si fue por verlo a él aún más incómodo, ella había tomado la botella, la había abierto y se había dirigido a la calle.

¿Vienes?

Gaspar revisa los cajones de Mariana. No tiene la costumbre de hacerlo; nunca fue de esos hombres celosos siempre atentos a un desliz. Los abre con cuidado y pasea las manos por sus ropas. Nada nuevo, al parecer. La blusa azul que usaba para los días importantes, sus jeans favoritos, las zapatillas rojas.

Se las había regalado para su primer aniversario. A ella no le gustaban las joyas, las flores, ni los regalos tradicionales. Pero él había insistido en obsequiarle algo y, luego de semanas de indecisión, aparecieron las zapatillas perfectas en una de las vitrinas de siempre. Las zapatillas de Mariana. Las zapatillas felices, como ella las bautizara. (¿Las usaría todavía?) A Gaspar siempre le había gustado que Mariana no usara tacones. Verla tan alta, en contadas ocasiones, era siempre una linda sorpresa (y una linda torpeza también, pues ella no era capaz de soportarlos por mucho tiempo).

Mariana se entretiene jugando con los pliegues de su falda mientras el taxi improvisa el trayecto de regreso a casa. Siempre se siente distinto. Ir al encuentro de Gaspar. Siempre tuvo algo de especial anticipar el momento en el que lo vería por primera vez o volvería a verlo luego de un largo día de trabajo. Esperaba, con ansias, con miedo también, ese instante en que los ojos de Gaspar reconocían su presencia y se iluminaban de improviso, con sonrisa incluida, o bien se quedaban apagados como ojos en una figura de cera. Mariana juguetea con su pulsera nueva. El sol le llega a ratos y la hace brillar.

El semáforo cambia a rojo.

Gaspar vuelve las zapatillas a su lugar. Le dan ganas de quedarse a vivir dentro de ese armario. El único lugar en el que se siente en casa, el único lugar en el que no se siente amenazado, el único lugar donde nada ha cambiado, por donde no ha pasado el tiempo.

(¿Vienes?)

No había necesitado responderle. Ni entonces ni nunca. Mariana sabía hacer las preguntas de forma tal que solo quedaba decir que sí, claro que sí.

La culpable había sido una canción. Una canción a la que se sumaron otras. Canciones que Mariana no había escuchado nunca y que hablaban de amores terribles, de relaciones imposibles. Luego, fueron las películas que Gaspar se quedaba viendo hasta tarde, como hipnotizado, mientras Mariana caía rendida de sueño a su lado. Por último, fueron las palabras, palabras y expresiones nuevas que aparecieron en conversaciones y rincones, palabras obtenidas (al igual que las referencias a canciones y películas) de otros labios. De pronto, todo lo que Gaspar decía sonaba como una mala traducción. Ya no decía "divertido" sino "gracioso", las películas malas (las que a ella le gustaban) eran "una basura" y no simplemente mediocres, y su relación quedó catalogada como "una pesadilla"en medio de una conversación trasnochada.

Pocos días más tarde, había llegado la noticia. El padre de Mariana había despertado con un dolor raro en la espalda que no resultó ser ni un lumbago ni un desgarro sino de esas enfermedades de nombres extraños y plazos impostergables. Mariana había prometido volver al país en cuanto se acabara el semestre y, en el intertanto, sostenía conversaciones eternas con su familia que se desmigajaba del otro lado de la línea.

Fue entonces que habían tomado la decisión.

-...an accident.

Es lo único que alcanza a distinguir de las palabras del chofer. Mariana intenta mirar en la dirección que le señala, pero nada. Solo escucha el ruido de sirenas a lo lejos y, dentro del taxi, alguna canción indescifrable. Mariana mira su reloj. Se hace tarde. Quisiera llamar a Gaspar pero algo en ella se lo impide. Es lo único que la desarma. Su voz. Aún luego de cinco meses, necesita administrar la voz de Gaspar en dosis mínimas para no perder el rumbo. Si bien era cierto que las canciones, películas y palabras nuevas se habían ido tan rápido como habían llegado, no era tiempo de dar vuelta atrás.

Gaspar tendría que esperar.

(¿Vienes?)

La noche estaba particularmente fría para día de primavera y Gaspar había tenido que cederle su chaqueta a una entumecida Mariana. (Siempre temblaba en días de frío. Siempre temblaba al salir de la ducha en la mañana). Había servido las dos copas de vino casi hasta el borde y la noche había terminado, entre risas, en el desayuno de la mañana siguiente. Sería lindo decir que, después de esa noche, nunca más volvieron a separarse. Pero no es verdad. Separaciones hubo muchas: con y sin portazos; de días, semanas, o de horas eternas, hasta que a Gaspar le salió la beca para irse a Londres y entonces fue su turno de decir: ¿Vienes?

Mariana había aceptado, un poco a regañadientes, como peleando contra sus mejores instintos. Todo el mundo los admiraba, todos los envidiaban. La parejita de película, comenzando una nueva etapa en el extranjero.

Lo cierto es que Londres los había terminado por contaminar, invadiendo sus espacios y sus ánimos, y no fue necesario mucho tiempo para que Mariana comenzara a aceptar trabajar horas extras en la biblioteca y Gaspar adquiriera el hábito de acostarse inusualmente temprano, para no verla llegar.

Gaspar vuelve a observar el reloj. Enciende la computadora para ganar tiempo. No vaya a ser que el retraso cause sospechas.

Mariana sube las escaleras corriendo. Abre la puerta, con brusca torpeza. Al fondo del apartamento ve la figura de Gaspar, de espaldas, sentado frente al escritorio. Junto a él hay una silla vacía.

Gaspar se voltea. No sonríe. No la mira. Solo dice, y las palabras salen cansadas de su boca: ¿Vienes?

Mariana camina rumbo al escritorio. Con la frialdad de siempre, con el dolor de siempre. En las paredes blancas del apartamento parecen rebotar con estridencia los sonidos que anuncian la llamada entrante. Son los padres de Mariana.

En la pantalla del computador se lee: Online. Mariana y Gaspar, sentados uno junto a otro, se colocan las argollas de matrimonio, miran fijo hacia adelante y sonríen.

Instrucciones para ser feliz

No la reconoce. La enfermera se lo ha dicho cientos de veces. Aunque Sara cree distinguir un brillo distinto en sus ojos, un gesto diferente. Con cuidado lleva la cuchara a su boca pero la mujer aprieta los labios y la mitad del contenido se va rodando por sus comisuras, derechito a la falda nueva.

Sara se limpia como si no importara – aunque es una falda costosa, aunque esa mancha de crema de zapallo jamás va a salir del todo – y vuelve a intentarlo.

Lleva seis meses visitándola todos los días a la hora de almuerzo. Su hora de almuerzo; en la que a ella le toca pasar hambre mientras ve perderse la mitad de los alimentos destinados a los dientes de la señora Olga.

Mire quién la vino a ver, dice siempre la enfermera y ella abre sus ojos de lechuza y la observa sin pronunciar palabra.

No ha perdido el habla sino que ella misma la ha dejado ir. Hace dos años que no dice casi nada, desde que murió su marido que también vivía en la misma residencia. Ya no le volvimos a hablar más de él, para qué. Había que recordarle todas las veces que el señor había muerto, que ya no volvía más, comentaba con desgano la enfermera cuando salían a fumar un cigarro al patio.

Nadie le ha preguntado el porqué de su interés en ella y tal vez sea mejor así. Sara cumple su rutina con fervor religioso, trae flores y regalos, le lee novelas y cuentos que nunca sabe si realmente le gustan.

Siempre le lleva algo a la enfermera: una revista, un chocolate.

Después vuelve a la academia donde enseña inglés. A veces piensa en ella. A veces no.

Una vez en casa se sienta frente al computador y busca algún foro de su interés: de literatura, inglés, o cine preferentemente. Y responde preguntas. De a una y con una suerte de erudición prolija. Come algo y se va a dormir.

Tiene una foto de su abuela sobre el escritorio. En blanco y negro, se la ve niña (siete, ocho años), con dos trenzas, sentada sobre un sillón, leyendo. Es la única foto que trajo consigo.

Su abuela había llegado a Estados Unidos desde Alemania, en plena Segunda Guerra Mundial. Cuenta la historia — una historia que se pasea a menudo por su cabeza, que la visita en sueños, que la lleva a interrumpir conversaciones o quedarse con el cepillo de dientes dentro de la boca y mirándose al espejo con cara de idiota — que mientras iban en el barco fueron detenidos por los nazis. (En su imaginación, esta parte siempre iba auspiciada por Steven Spielberg, a ella que le gustaría algo más sofisticado, más cine arte, más Oscar a película extranjera).

Les pidieron sus pasaportes a todos los pasajeros; a muchos los sacaron de ahí para ser llevados quién sabe dónde. Cuando llegó el turno de su bisabuelo, sacó sus documentos y los oficiales se quedaron mirando una sigla estampada en sus páginas. Diplomat. Se lo devolvieron de inmediato y pudieron seguir su camino. Quizás incluso le pidieron disculpas – esa es la imaginación de Sara, claro, la escena moralista cliché, el toque Spielberg.

Los había salvado una equivocación: lo que los oficiales creyeron la marca de un "diplomático" era en realidad la distinción de un "diplomado" o profesor.

Su abuela había aprendido inglés sin problemas, aunque siempre le costaron algunas palabras que pronunciaba como rengueando. Sara, en cambio, tenía un don para los idiomas. Además del inglés, hablaba español y alemán. Sin marcas, sin cicatrices. Sin preguntas.

En el foro, luciaysucaja pregunta qué significa "mo cuishle", la sigla que lleva escrita en su capucha Margaret en *Million Dollar Baby*. Es una de sus películas favoritas. Sara sonríe y contesta: significa "mi hija, mi sangre o mi pulso" en gaélico. Y agrega: me encanta esa película. Al poco rato, luciaysucaja pone un signo de aprobación en la respuesta de Sara, le da un ránking de 5 estrellitas (¿fue útil la respuesta?, Sí, marca ella), pero no agrega nada más.

Sara promete restringirse a contestar lo solicitado para la próxima.

Siempre le había llamado la atención esa casona rosada a pocas cuadras de su trabajo. Residencia los Abedules. Llevaba tres meses viviendo en Santiago cuando se decidió a entrar por primera vez.

En el patio principal encontró a la Señora Olga mirando a una fuente de agua como hipnotizada. Tenía el pelo completamente blanco. Los ojos celestes. Sara se sentó junto a ella.

La mujer se volvió para mirarla.

Eres bonita, le dijo. Y Sara se largó a llorar.

Luego la enfermera le contaría su historia: que su marido había muerto, que no se acordaba de nada, que se iba apagando de a poco. Que sus hijos casi nunca la visitaban. Viven en el Sur, le dijo, como respondiendo a una pregunta invisible. Y Sara se prometió ir a verla todos los días. Aunque la anciana nunca le volvió a decir que era bonita, ni nada parecido.

Por lo general las visitas se daban en silencio. Era Sara la que leía, la que cantaba, la que la ayudaba con el almuerzo. Siempre salía de ahí con una sonrisa rara. En su trabajo no hacían preguntas.

En la academia los demás profesores parecían tenerle envidia. Ella era la única extranjera, la única que hablaba inglés como nativa. Tal vez por eso nunca la invitaban a ir a cenar después del trabajo, ni la llamaban durante los fines de semana. La trataban con un respeto amable durante la jornada laboral, a veces le preguntaban por algo de su pasado. Era todo. Sus estudiantes tampoco le conversaban mucho aunque más de alguno intentó invitarla a salir.

Su madre la llamaba preocupada de vez en cuando. Veía las noticias de las protestas de estudiantes y le pedía que por favor regresara, que en Chicago también podía hacer clases. Que cuál era el afán de quedarse en ese país que parecía estarse cayendo del mapa. Y Sara caminaba de vuelta a casa medio ahogada por el olor de las bombas lacrimógenas, respondía el mensaje (I'm fine, Mom. Don't worry :)) mientras a su lado pasaban grupos de chicos con cacerolas o improvisaban fogatas en el Parque Forestal. Sara no tenía miedo. Las lágrimas caían por sus mejillas, sin pena. La situación le causaba gracia: era como ser actriz por momentos, en una película que no conocía.

En su casa la esperaban las preguntas que sabía contestar.

¿Qué significa don't steal my thunder? Significa no robarse la atención dedicada a una persona.

¿En qué momento de *Casablanca* Rick dice: Play it again, Sam? En ningún momento. Esa escena no sale en la película.

¿En qué película dos personajes se casan diciendo "I marry you" tres veces? En *Cold Mountain*.

Sara acumula estrellitas.

Nadie le habla en los foros. Nadie le agradece sus respuestas. Pero sigue dedicada a ello. La hace sentir bajo control, como si respondiendo preguntas el mundo se volviera más tranquilo, más manejable, como un paisaje mirado desde las alturas.

¿Cómo se llamaba el whisky que promocionaba Bill Murray en *Lost in Translation*? Suntory.

Siempre le gustó viajar. En cuanto terminó el college decidió irse a recorrer el mundo antes de que empezara – y ya para siempre, temía – su vida laboral. Había ahorrado durante años, trabajando en la cafetería, en la biblioteca de la universidad, cuidando casas, niñas y perros y eso se había traducido en un pasaje de avión con escalas en Europa, Asia y Oceanía. Quiso viajar sola aunque un par de amigas se habían ofrecido a acompañarla.

Consiguió un cupo para visitar Bután, país que se moría por conocer desde que había visto un documental en el que contaban que ése era el país más feliz del mundo. Pero ésa no fue su felicidad. Sara se paseó por monasterios bellísimos, jugó con los niños, hizo excursiones para ver pájaros. Y nada. La tranquilidad de Butan volvía más evidente su agitación interior; la hacía sentirse más desgraciada. Incompleta.

Aunque no le gustaba mucho escribir, siempre se hacía el tiempo para enviar una postal a su abuela. A veces la llamaba por teléfono y su voz se escuchaba despacio del otro lado de la línea. A su madre, en cambio, no la llamaba nunca.

Hasta que un día fue ella la que llamó. Y el día se volvió oscuro, incluso entre la belleza apabullante de Camboya. Su abuela había muerto y ella, por muchas peripecias que hiciera, no alcanzaría a llegar al funeral.

Sara siguió viajando por dos meses más. Sin llorar. Sin siquiera querer recordarla. Al volver a Chicago ya tenía arreglado su trabajo con una academia de inglés en Chile. Lavó su ropa, se despidió de los amigos, y volvió a partir.

¿Qué le dice Bill Murray a Scarlett Johansson en el final de *Lost in Translation*?

No se sabe. No se alcanza a distinguir. Es un misterio.

Esa pregunta la inquietaba. Ella misma la había posteado en varios foros sin nunca obtener respuesta. Incluso llegó a escribirle a Sofia Coppola. Un amigo de una amiga tenía su email. La directora nunca contestó. Aunque un par de veces había recibido correos de otras Sofias y el corazón le había dado un salto al ver ese nombre en su bandeja de entrada.

Había pasado mientras dormía. Le dijeron.

No alcanzó a sufrir. Le aseguraron.

Ella estaba tan feliz por tu viaje. Insistieron.

Sobre su velador estaban todas sus postales, amarradas con una cinta.

Las releía siempre.

La próxima semana está de cumpleaños, le había dicho la enfermera. Norma, se llamaba. Tardó semanas en aprenderse su nombre.

Después del trabajo (una chica que preparaba el TOEFL, un chico que necesitaba reforzamiento escolar, un ejecutivo ya mayor que sufría con las teleconferencias y que temblaba en cada una de las clases), Sara decide ir en busca de un regalo.

Hay algunas calles cerradas por los estudiantes. Puede ver sus pancartas, sus caras de sueño. Les saca una foto con su teléfono. Siempre lo hace. Y las sube a Facebook, lo que contribuye a aumentar las tensiones de su madre quien ya ha amenazado con visitarla. Pero Sara sabe que no se atreverá. Odia los aviones. Y Chile queda lejos. No hay vuelo directo. Son muchas horas.

Ése afán. Ese país cayéndose del mapa.

Tarda horas, hasta que lo encuentra: un chal de un color verde esmeralda. Brillante. Para ese frío que la calefacción de la casa nunca logra aplacar del todo; para que pueda sentarse cerca de la fuente, como le gusta. Sara va ajustando sus movimientos al de los estudiantes en las calles. Si ellos doblan a la derecha, ella toma la izquierda; si ellos se detienen, ella avanza. Es un juego que ellos no saben que están jugando. Una particular coreografía. Y Sara sonríe con el chal muy envuelto en papel de regalo.

Su abuela siempre demoraba en maquillarse. Era su pequeño ritual de todas las mañanas y a Sara le gustaba quedarse mirándola (de cinco, nueve, dieciocho años) mientras delineaba sus ojos, su boca, para luego rellenar sus labios con un lápiz de un color rosado perfecto. Guardaba sus cosméticos en un necessaire de cuero que revelaba un espejito dentro al abrirse. A veces su abuela le sonreía a través del espejo.

El día del cumpleaños, Sara se levanta con más energía que de costumbre. Llega temprano a la academia; le enseña las preposiciones a un adolescente que nunca le ha caído muy bien y traduce con minuciosidad una carta de propósitos de un estudiante postulando a una beca. Sus compañeros le preguntan si está sufriendo mucho con el frío. Soy de Chicago, contesta, pero ellos se quedan mirándola sin entender.

Mientras espera a su próximo estudiante, Sara responde siete preguntas. El mundo se ve impecable desde las alturas, sin nubes.

A la hora de almuerzo, come a la rápida un sandwich que se ha preparado la noche anterior y sale rumbo a la calle. A medida que se acerca a la casona puede distinguir más y más estudiantes que empiezan a ocupar las calles.

Saca una foto.

Gringa sapa, le grita alguien.

Ella, apura el paso.

No espera ver globos, pero ahí están, decorando el comedor. La enfermera la reconoce y le hace un gesto para que se acerque. Alrededor de la mesa principal se encuentran todos los habitantes de la residencia: hay tortas, pasteles y empanadas. Junto a Doña Olga, una mujer teñida de un rubio desesperado, juguetea con sus anillos.

Vamos, no sea tímida, le grita Norma, pero los sonidos se pierden entre tantos otros.

A Sara le sudan las manos.

Doña Olga mira atentamente el pedazo de pastel sobre su plato.

Su hija (porque es su hija, Sara la reconoce de las fotos que hay en el cuarto de Doña Olga) no la ayuda a comerlo. Apenas le presta atención. Sara sigue con el regalo entre sus manos.

Siempre se ha imaginado que las palabras que Bill Murray le dice a Scarlett Johansson al final de *Lost in Translation* son las verdaderas instrucciones para ser feliz. Otras, piensa que sólo le dice "todo va a estar bien" y aunque la frase es cliché, y ella está muerta de pena, se convence de que es cierto.

Si ella pudiera irse a vivir a la escena de una película; sería a ésa.

Y tendría los oídos bien atentos.

Los ojos de Olga se fijan en los suyos, sin pestañear. Sara levanta la mano, en un ademán de saludo torpe. La mujer vuelve a mirar su pastel. Su hija toma un pedazo con el tenedor y lo acerca a su boca. Doña Olga cierra los labios y el pastel cae en los pantalones de su hija, que se levanta enojada y va a limpiarse al baño.

Sara aprovecha para acercarse. Feliz Cumpleaños, le dice y la ayuda a abrir el paquete de regalo. Los ojos de la mujer siguen apagados. Sara coloca el chal sobre sus rodillas y la mujer pasea sus manos por él.

Mire lo que le trajo su Sarita – comenta la enfermera.

Sobre la silla desocupada está el regalo de la hija: unos palillos para tejer y varios ovillos de lana. Y Doña Olga que apenas puede sostener una cuchara.

A Sara le brillan los ojos de la rabia y la tristeza. Quisiera decirle un par de verdades a la hija pero ella ya no vuelve más.

En la noche Sara se acuesta sin responder preguntas.
Las nubes ocultan la ciudad a lo lejos.

Aquí

Para Liliana & Edmundo

Nunca imaginó que fueran tantos. Viene llegando con retraso así que no alcanza a contarlos, pero diría que al menos quince. Y eso que es sábado por la noche. Y hace un frío ridículo. Están todos sentados en un círculo, como pensó que estarían, cada quien con una etiqueta autoadhesiva con su nombre. No se miran mucho entre ellos. Una chica hace anotaciones en una libreta, un hombre mayor se mira fijamente los cordones de los zapatos. No se los imaginaba así. Pensó que serían más jóvenes, más raros. Rebeca se sirve café en un vaso de papel. Vasos, en realidad. Usa dos para no quemarse las manos.

En su chaqueta pesa el llavero con las llaves de la casa. Lo quita de allí. Lo guarda en su bolso. Un oso de metal. No es feo pero ella jamás habría comprado algo semejante. Y, claro: no lo compró.

Esta semana está durmiendo en el subterráneo de un periodista. Un señor que se ganó el Pulitzer hace unos años (Rebeca lo googleó por semanas) y que ahora, de sabático, se divierte arrendando su *basement* a turistas y extraños. Tal vez ella no era más que eso: una turista extraña.

Su apartamento se conectaba con la casa principal por medio de una escalera. Por lo general, la puerta entre ambos mundos estaba cerrada. Vivía solo y la mujer de la limpieza solo venía tres veces por semana. Rebeca se había ganado su confianza (y un descuento sustancioso de la renta) diciendo que necesitaba el espacio para poder trabajar en su nuevo libro. Acabo de terminar con mi novio y aún no sé qué hacer con mi vida. Mientras lo pienso, quiero trabajar en mi novela. Algo así le dijo y Robert asintió como diciendo: Yo también pasé por eso. La verdad es que Rebeca no tenía novio hace al menos dos años y nunca había escrito una línea de ficción en su vida. Trabajaba de mesera y babysitter y drenaba de a sorbitos la herencia que le había dejado una tía abuela que la tenía en gracia porque era la única sobrina pelirroja en la familia (como ella).

Rebeca disfrutaba viviendo en casas de extraños. Tomando el café en tazas con fotos, algo pixeladas, de sobrinas desconocidas, durmiendo entre sábanas pasadas de moda, acostumbrándose a la llegada del sol o la falta total de él. Se paseaba por *basements* oscuros, por casas de familia que arrendaban un solo cuarto (y entonces estaba el placer de tomar desayunos diferentes, de conocer los ritmos del resto de los habitantes), por apartamentos enormes en los cuales le tocaba regar plantas o acompañar a un gato. Por un par de días o semanas, Rebeca armaba una pequeña vida. Jugaba a ser el fantasma que penaba en casas con más o menos ruidos, siendo partícipe y testigo de todo tipo de discusiones y arrebatos.

La mujer que preside la sesión parece cansada hace siglos. Apenas parpadea. Como poseída. Pide que se presenten los nuevos. Hola, soy Enrique y tengo un problema. Todos asienten. No puedo vivir en mi casa. Rebeca espera su turno. Otra chica se adelanta. Hola, soy Jennifer y llevo seis meses viviendo en casas de otros.

Hola, soy Rebeca. Llevo tres años sin tener mi propio apartamento.

(Cree intuir algunos gestos de preocupación en la sala, alguien la observa fijamente).

Mis padres creen que estoy haciendo un doctorado.

Para padres que no preguntan mucho y creen en la inquebrantable privacidad de sus hijos, basta solo con un par de emails al mes y unas llamadas por Skype para construir cualquier realidad. Basta con comprarse el polerón de la universidad, con colocar libros y apuntes a vista de la cámara. Basta con parecer cansada. Tiene un par de años para que sea necesario esquivar el problema de la inexistente graduación y diploma. Pero esos dos años se sienten eternos.

Una amiga, la única que sabe de su paradero, le envió el link al artículo. "La vida de los otros", se llamaba. Poco original, pero Rebeca lo leyó de todas formas. Ahí supo de las reuniones semanales, de la cantidad de gente adicta a revisar *Craig's list* y otros anuncios de *sublets*. De la adrenalina de entrevistarse con los dueños de casa y anticipar lo mullido de la cama, lo ruidoso del barrio. Sonreirle a los niños, siempre. Mirar a los ojos. No vestir muy provocativa ni muy tradicional. Era un arte pero solo algunos lo entendían.

Enrique ha empezado a llevarse cosas. Nada muy grande: un libro, una funda de cojín, un tazón. Nadie nunca se ha dado cuenta, nadie lo ha contactado para preguntar. Tal vez porque él siempre se preocupa de dejarle un regalo a los dueños: una nueva cafetera, un ventilador, toallas. Así, no siente ninguna culpa por sus robos:

el universo se mantiene en orden. A Jessica, en cambio, le gusta escribir algo pequeño en algún rincón de la casa o apartamento. En una esquina bajo la cama, en el borde de una puerta que da a una bodega. En lápiz y casi ilegible, pero inevitable.

Rebeca no hace nada parecido, pero vivir con extraños sí le ha traído algunos problemas. Las parejas no le duraban más de un par de mudanzas. Si bien a las primeras dos citas todo iba bien y el cambio de escenario contribuía a mayores despliegues amorosos, ya después de un par de meses todos comenzaban a encontrarlo raro y dejaban de llamarla y contestar a sus mensajes. ¿No te cansas? Le decían. ¿No preferirías tener tu propio lugar? (esto último venía siempre acompañado de una mueca como de asco). Rebeca no se daba por enterada. Ninguno de los pretendientes parecía valer la pena el sacrificio (porque así se sentía pensar en dejar el nomadismo: como un sacrificio), pero ya todos en la sala la miraban con algo de alarma. La verdad, ella no buscaba apoyo para cambiar de comportamiento sino una comunidad de iguales. Y ésta parecía ser la reunión de los arrepentidos, de los culposos que se golpeaban en el pecho cada vez que enviaban un email preguntando que cuándo salían las *utilities* y si podían enviarle fotos de ese apartamento tan bonito.

Para Rebeca, el asunto había empezado por necesidad. El supuesto doctorado era en realidad un hombre que la había dejado encantada y que la abandonó a las pocas semanas de que ella llegara a verlo. Y entonces no quedó otra que buscar dónde quedarse. Y así conoció a Megan, que recién había perdido a su compañera de cuarto y necesitaba a alguien por el verano. Y luego a Marc que buscaba a quien alimentara a su gato y cuidara la casa mientras él se iba de gira (era músico) por varias semanas. A algunos les costó dejarlos: a Sofía, por ejemplo, cuyo novio acababa de morir y que la esperaba siempre con una taza de té cada vez que ella volvía del trabajo y que, cuando la vio hacer maletas, le ofreció quedarse sin pagar por todo el tiempo que quisiera. También a la señora Davis que se sentaba a escuchar todas sus historias junto a la chimenea de la casa en la que Rebeca ocupaba el altillo. Le preguntó si no quería quedarse y ser su asistente, pero Rebeca se había negado. Lo importante era encontrar el momento exacto para marcharse. Antes de que el espacio se volviera familiar, de que los niños de la casa la invitaran a sus cumpleaños o le regalaran una toalla o un cojín nuevo y solo para ella.

Una vez tuvo miedo. Al abrir los ojos en medio de la noche, el dueño de la casa la estaba mirando desde el umbral de la puerta. No se dio por aludido, solo le preguntó si tenía hambre. Ella dijo que no y simuló seguir durmiendo. A la mañana siguiente dejó el pago que debía sobre la mesa y se fue.

Robert, en cambio, parecía no demostrar mucha curiosidad por ella. La dejaba ser. Si se la encontraba en la calle apenas le preguntaba por su día. Por las noches, ella lo escuchaba escribir hasta la madrugada. Cada tanto se oían sus pasos en la cocina (¿leche? ¿Jugo de naranja? ¿Vino?) y luego volvía a su escritorio a seguir trabajando. Ella tampoco hacía preguntas. Si escribía un nuevo libro o correos furiosos a una ex, no podía saberlo y, francamente, no le interesaba. Su rol no era el del fantasma celoso.

Los domingos se levantaba temprano (él, ella lo escuchaba desde su cama), iba a la ducha (se tomaba su tiempo) y luego salía de casa (¿al supermercado?, ¿a correr? Tampoco sabía). Esas eran sus horas favoritas (siempre más de una, a veces incluso tres), horas en que Rebeca subía a la casa principal y recorría la vida de Robert como si se tratara de su museo favorito. Aquí duerme Robert Stain: fíjense en la cantidad de almohadones que usa, en los cinco libros apilados en la mesita de noche y el vaso de agua a medio tomar. En el suelo están sus zapatos (bastante pequeños) y una bata con sus iniciales grabadas en el pecho. Aquí escribe Robert Stain. Podemos ver su computadora abierta en una página en blanco y un par de libretas de apuntes (Moleskine, negras, con líneas). Los libros, en los estantes, están ordenados alfabéticamente. Podemos ver su Ipod conectado a un equipo de música (Rebeca no necesita prenderlo, sabe que estuvo escuchando *Las Variaciones Goldberg* de Bach y eso le trae un gusto indescriptible). Aquí descansa Robert Stain: ése en la esquina es su sillón favorito.

A Rebeca siempre le ha gustado visitar las casas de gente famosa. Escritores, actores, y sacarle fotos a camas, sillas y vistas desde la ventana del baño. Flash, flash, flash. La cotidianeidad congelada. Aquí vivió, aquí durmió, aquí murió. Y llevarse un par de postales para dejarlas olvidadas para siempre en un cajón. En cambio, si alguien quisiera recorrer la vida de Rebeca, tendría que armarse de un mapa e improvisar el museo en distintas estaciones, con marcadores temporales cada vez más breves. Aquí vivió Rebeca N. desde el 15 al 19 de mayo. Aquí vivió Rebeca N desde el 19 de mayo al 15 de junio. Sus "aquí" no marcaban el tiempo. No lo suficiente. Apenas un subrayado hecho con lápiz grafito (y que se podía borrar con solo apoyar un poco la mano o pasarlo a llevar con el brazo).

Al terminar la sesión todos se comprometen a cumplir pequeñas metas. La de Rebeca es contarle, al menos a una persona más, la verdad de su situación. La idea es, de a poquito, ir llegando hasta los padres. Y quizás volver a casa. A una casa. A su casa.

Todos se comprometen. Todos aplauden. Probablemente pocos piensan en cumplir.

Rebeca camina hacia la parada de autobus. Enrique avanza junto a ella. No se miran. Enciende un cigarro y ella se pregunta si acaso no lo habrá robado de su último apartamento. Sonríe pero él no alcanza a verla.

Rebeca N estuvo aquí de las seis a las siete y media de la tarde.

Lecciones de botánica

Hay plantas y plantas.

Al gomero me puedo acercar. A las orquídeas de Mamá, no. Al helecho lo puedo tocar (con cuidado, pero puedo). Al bonsái de Papá ni de broma. No hay control sobre las que están en el jardín (están todos siempre tan ocupados y no me ven), aunque hace poco a Florencia se le ocurrió improvisar un pequeño huerto con hierbas y tomates y cada vez que deambulo por esa zona se escuchan los pasos y los gritos.

No me gusta que me griten.

Camila ha intentado cultivar porotos en vasitos de plástico con algodón, pero siempre se le pudren. Demasiada agua, le dijeron. Y ella lloró toda la tarde.

Demasiada agua.

A Valentina a veces el pretendiente le trae flores. Casi siempre rosas: rojas, blancas, amarillas. O unos girasoles. Ella los pone en una jarra enorme sobre su velador.

Ésas tampoco se pueden tocar.

A Benito también le gritan cuando se acerca demasiado a flores y hojas, pero parece no importarle. Pone cara de bueno y hace un par de gracias y ya está. A mí, en cambio, han llegado a perseguirme con una escoba.

Al principio es Gloria, la empleada, la que se encarga de cuidarlas. Así comienza la coreografía de su mañana. Toma una regadera enorme y va de habitación en habitación, echando un poco de agua aquí y otro allá. Quita los pétalos ya feos del velador de Valentina, corta algunas hojas del bonsái y bota a la basura los nuevos intentos de Camila en sus vasitos. A Mamá le gusta tejer junto a su gomero y Papá se queda leyendo hasta tarde acompañado de su bonsái. Florencia pasa horas en su huerto, recogiendo tomates y recolectando hierbas para las infusiones de la hora del té o después de las comidas. A veces me da a probar un tomate que se pasó de maduro. Camila llega siempre del colegio corriendo a mirar sus porotos y Valentina no le presta mayor atención a sus flores (ni al pretendiente).

A las pocas semanas supongo que él también se da cuenta porque deja de visitarla y se acaban los jarros de rosas.

Sin que nadie la vea, ella guarda un par de pétalos adentro de un libro (que él también le regaló).

Por supuesto que no le digo a nadie.

Pasan las semanas y Gloria, al entrar a la pieza de Valentina, donde ya no hay nada que regar, encuentra algo extraño en el basurero. Es raro verla así de conmocionada por un objeto que parece insignificante. Lo toma con cuidado, con un poco de asco incluso y se lo lleva a la cocina. En vez de seguir con su rutina de hojas y agua, se queda sentada junto al mesón. Intento llamar su atención pero no resulta y acaba por echarme de la cocina.

Por la tarde me quedo en el huerto de Florencia. Espero los gritos pero no llegan. O sí, si llegan, pero se escuchan dentro de la casa y dirigidos a Valentina. Me asomo a una de las ventanas sin que me vean. Valentina llora. Papá grita. Mamá también llora. Florencia y Camila están cenando con Gloria en la cocina. Yo aprovecho para acercarme un poco al bonsái. Es un árbol pequeñito. Delicado.

Siguen los gritos. Nadie me ve.

Le doy un manotazo a una de sus ramas, que cae sobre el escritorio.

Me escondo en el armario y espero, pero nadie viene por mí.

El bonsái sobrevive. Papá pasa muchas horas junto a él pero ya casi no lo mira. Tiene algunas hojas marchitas, pero no se las corta. Gloria a veces también se olvida. Mamá sigue tejiendo junto al gomero. Son ropas pequeñitas y de colores suaves. Camila ha dejado de intentar con sus vasitos. Florencia le da un espacio para plantar sus porotos en el huerto. Valentina cada vez sale menos de la pieza. Vuelve a visitarla el pretendiente, pero casi nunca trae flores y siempre viene como encorbado. Esquiva la mirada de Gloria, se va de casa antes de que vuelva Papá del trabajo.

Ahora Mamá y Papá andan siempre irritados. Al menor descuido tratan a Gloria a los gritos. Hasta que un día ella se cansa y se va con una maleta y una maceta pequeñita en la mano. (Se llaman suculentas, y tienen hojas gruesas. Gloria las tenía en la ventana de su baño y solo las conozco cuando ya va camino a la puerta).

Me mira un segundo. Me ve. Creo que es su intento de despedida.

Valentina parece crecer con el paso de los minutos. Se pone ancha, camina con torpeza, a veces me hace un cariño rápido en el pelo mientras ve la televisión. La alfombra se llena de hojitas de helecho que, por días, nadie se encarga de limpiar. Al final de la semana las cabezas del helecho y el gomero se asoman entre las bolsas de basura a la salida de la casa. Mamá sigue tejiendo sin gomero. Papá pasa cada vez más tiempo junto al bonsai. Anota cosas en libretas, lee hasta que vuelve a salir el sol por la mañana, toma su desayuno solo.

Camila se aburre de los porotos, aún cuando ya empiezan a asomar sus cabecitas verdes en el huerto de Florencia. Se dedica a pintar y dibujar: a sus hermanas, a sus amigas, a las cosas que ve. Un día me deja encerrado en su pieza hasta que me dibuja. Me pinta de muchos colores. No me reconozco. Pero al menos abre la puerta.

Esa noche casi no duermo.

Una tarde me quedo más de la cuenta en el jardín y, al volver a casa, no encuentro a nadie. Nada de Valentina, de Camila ni Florencia. Nada de Papá o Mamá. En la cocina encuentro mi plato de comida.

Espero tranquilo.

Se abre la puerta y ahora son todos los que vienen encorvados. Mi familia y el pretendiente. Camila llora a los gritos. Valentina no está por ninguna parte.

Papá se encierra en el estudio. Alcanzo a entrar con él antes de que cierre la puerta. Todos los vidrios lo reflejan, parece que se le fueran a salir los ojos. Con furia, toma de pronto el bonsái y lo azota contra una repisa con libros.

A la mañana siguiente la casa se llena de flores. Arreglos enormes y pequeños, de rosas blancas, y otras flores que aún no conozco.

No sé si puedo tocarlas o acercarme.
Nadie me mira.

Esa noche la paso en el tejado del vecino.

#Mudanzas

La historia comienza con tres @ y termina con dos.

Con un solo hashtag, como mantra que se repite insistentemente: #mudanzas

Un computador encendido en la penumbra. Y una canción.

Ana escribe por las mañanas. A veces también por las tardes. Es una costumbre ya, un hábito, como lavarse los dientes o tomar las tres tazas de café de su desayuno. Le gusta comentar artículos de periódico (generalmente de cultura y espectáculos), citar algún verso de sus poemas favoritos, regalar el link a una buena canción.

Va a cambiarse de casa luego de tres años compartiendo espacio con una amiga de infancia. Quiere vivir sola, ver qué se siente. Lentamente va guardando los libros en cajas, no sin antes marcar en su exterior (con un lápiz morado para la ficción, verde para la no ficción) los detalles de su contenido.

Rodrigo deja las llaves sobre el mesón de la cocina. Fueron las instrucciones de Adriana y él va a respetarlas. Da un último vistazo al apartamento, pequeño, mínimo y tan limpio luego de horas de afanarse en ello y escucha el tintinear de las llaves, saliendo por fin de su llavero, como gesto de despedida.

Sonríe.

Mientras espera el ascensor, del cual no extrañará (nunca más) su ruido de caldera de barco, saca su celular del bolsillo.

Rápidamente, antes de que se abran las puertas, escribe: (Por) Fin #mudanzas.

Julia ve el piso llenarse de pelos. Mechones desordenados quedan pegados a la bata de plástico que le pusieron y ella intenta no levantar la vista. No quiere verse. No todavía. No quiere tener ni la más mínima oportunidad de arrepentirse.

Le pidió al peluquero que se lo cortara hasta un poco más abajo de las orejas. Ella, que toda la vida llevó el pelo hasta la cintura. Que se lo tiñera castaño – y él no pudo disimular la cara de espanto/ sorpresa, acariciando como con pena esos mechones ondulados, de un color rubio radiante-, que se diera prisa.

("espejito, espejito" #mudanzas)

Ana se prueba la ropa antes de introducirla en la maleta. No quiere llevar nada de más, nada que no vaya a usar. Le parece casi un mal presagio: llegar cargada de blusas que no cierran, de pantalones que quedan apretados, de zapatos que la hacen sufrir. Una maleta cargada de incomodidad.

Si su madre estuviera allí, ya la estaría aleccionando. Que debería hacer más ejercicio, comer más ensaladas y menos pan, que los peligros de la vida sedentaria...como un rosario de cuentas verdes, como arvejas. Ya se lo sabía de memoria.

Y, para finalizar, el broche de oro: que el cuerpo no sobre. Que el cuerpo no *te* sobre.

Era el slogan de su centro de belleza, al que llegaban modelos y presentadoras de televisión desesperadas después de algún embarazo o unas vacaciones demasiado licenciosas. Su madre no podía estar más orgullosa de su éxito. Ni más avergonzada de su hija, la excepción a la regla, el cuchillo de palo en casa del herrero.

Lo había intentado por años, regalándole masajes reductores, batidos de colores fosforescentes, pastillas para perder el apetito (de esas que se vendían solo con receta y cuyas cajas tenían impreso un logo con una calavera y la nada esperanzadora palabra: veneno).

La verdad es que a su madre todavía le quedaba bien su vestido de novia (y podría apostar que también su uniforme de colegio), mientras que Ana había cambiado de talla de pantalones de manera creciente en los últimos años. De 38 a 46, casi sin escalas

Cuando era niña, su madre se negaba a comprarle ropas una talla más grande de lo que correspondía (de lo que era "normal para una chica de su edad"). No importaba lo mucho que le apretaran los jeans (y las marcas del botón le quedaban tatuadas en un rojo doloroso justo en el ombligo) o lo ceñidas que le quedaran las poleras, su madre jamás daba pie atrás. Tampoco aceptaba los shorts con elástico ni los polerones demasiado grandes.

Así te vas a dar cuenta, decía. Así vas a querer cambiar.

Ana hunde el estómago hasta casi perder la respiración, intentando subir el cierre de su falda favorita. No hay caso.

Se sienta frente al computador, en calzones, y tipea: Operación Extra Large. #mudanzas.

Rodrigo hace clases de español a extranjeros. Generalmente norteamericanos en breves estadías de negocio, o jóvenes mochileros enamorados (vaya a saber uno porqué) de Santiago.

Llegan con cara de sueño en las mañanas, con un cuaderno feo, medio arrugado, (de esos gringos que dicen Composition) y un lápiz que se robaron de algún hotel u hostal. Rodrigo intenta hablar de la forma más clara posible, lo más lentamente que puede, para que ellos lo entiendan. Para que puedan tomar apuntes.

Sus acentos son siempre aterradores. Como una cicatriz cosida con hilo negro, en la superficie de cada oración. Eso, o su obsesión por reducir todo, pero todo-todo, a una sola palabra: : "divertido". Un libro es "divertido", una chica es "divertido" los fines de semana son "divertido", las palomas son "divertido". Femenino, masculino, singular o plural, da un poco lo mismo.

Son detalles.

(Detalles divertidos).

A Julia le rompieron el corazón. "Rompieron" es un eufemismo. A Julia le destrozaron el corazón en medio millón de pedazos, le detonaron una bomba atómica en el pecho que aún no termina de explotar del todo.

Sobre el suelo blanco de baldosas caen uno, dos, tres mechones.

Julia se mira los zapatos.

El terrorista (sus palabras) que le había hecho esto, el criminal (nuevamente, sus palabras) ya estaba casado y pronto a tener su primer hijo. Al principio sus amigos habían estado a su lado, siempre listos a consolarla, a sacarla de la casa, a invitarla al cine, a darle consejos. Pero luego el tiempo fue pasando, un mes, después dos.

Un año.

Y ya todos habían terminado por hartarse.

Julia levanta la vista y le cuesta reconocerse. Aún tiene los ojos como pesados, como hundidos de tanto llorar, y los labios impasibles. Su pelo largo de Rapunzel se ha convertido en una melena corta, algo desafiante, como recortándole los bordes del rostro.

Le gusta.

Julia le saca una foto a su nueva imagen en el espejo. La sube a Twitter bajo el hashtag de siempre.

Le paga al peluquero. Deja una propina generosa.

(No sonríe. Ya no sabe cómo hacerlo).

Ana hace un alto en sus tareas de empaque. Riega las plantas que tiene en una jardinera en el balcón. Va a dejárselas a su compañera. No tiene sentido llevárselas. Aunque tampoco cree que duren mucho. Raquel siempre está de viaje y, aún cuando está, no es del tipo de personas que vaya a recordar echarle agua a las plantas.

Lee las noticias en tres periódicos distintos, le pone "Me Gusta" a un par de fotos: dos de recién nacidos (hijos de compañeras de colegio), una de la luna de miel de su mejor amigo. Deja un link a un cortometraje de animación.

Echa un vistazo a las cajas con libros que se acumulan junto a su cama. Quiere escribir: Toda mi cultura cabe en diez cajas. Comienza a poner el signo #, luego la eme, y allí aparece, sin mayor esfuerzo: #mudanzas.

Hace click, de pura curiosidad, y ve otros mensajes bajo el mismo encabezado.

Una chica que mira seria a su reflejo.

(Sin saber muy bien por qué, marca la estrellita de favoritos).

Luego echa un vistazo a la cuenta de la autora: citas a canciones tristes, muchas, por semanas y semanas.

Frases como: somos tantos los que caminamos con el corazón roto.

O también:

Hoy lo vi. Estaba con ella. Habrá que ir al cine otro día.

Ana no sabía nada de la dueña de esas palabras. Pero seguía leyendo como hipnotizada.

Al ir atrás unos cuantos meses en su Timeline, se encontró con un par de mensajes a una tal @perséfone. La verdad, era uno solo, repetido muchas veces; una sola pregunta: ¿por qué?

(@perséfone nunca contestaba.)

Rodrigo lleva la caja con las pocas pertenencias de Adriana a su edificio. Su nuevo edificio. El conserje lo mira con cara de pocos amigos. De parte de quién (dice). Ella sabe (contesta Rodrigo).

Se aleja caminando lentamente. Es como si le sobrara el aire. Acaba de desprenderse de una parte importante de su pasado, acaba también de renunciar a su trabajo. Mañana se va de viaje, ese mochileo por el país que tiene pendiente desde los diecisiete años pero que ha ido aplazando y aplazando.

Su jefa no pareció sorprenderse de su decisión.

Sí le preguntó si estaba bien. Si estaba "todo en orden"; fueron sus palabras exactas.

La verdad, Rodrigo no lo sabía. Nada se sentía en orden. Más bien todo estaba en el desorden que él necesitaba, un desorden que lo hacía sentir cómodo. Tranquilo.

Hace un rato que no logra sacarse una canción de la cabeza: "You are a Tourist" de Death Cab for Cutie. Si alguien estuviera filmando este pedazo de su vida, ésa sería la canción escogida como banda sonora.

Una canción extrañamente alentadora.

And if you feel just like a tourist in the city you were born

Then it's time to go

(Rodrigo busca el video en YouTube. Lo cuelga en Twitter).

And define your destination

There's so many different places to call home

Rodrigo va caminando lento, con los audífonos en los oídos. Parece que todo va a estar bien.

Julia busca unos zapatos rojos. El detalle final para su transformación. Es invierno y en Santiago las vidrieras de las zapaterías están llenas de botas y zapatos de abrigo. Nada como lo que ella está buscando.

Sigue caminando.

Si pudiera elegir, Julia se quedaría a vivir en un solo recuerdo. El primer cumpleaños que celebró junto a Andrés. El apartamento estaba lleno de gente y Andrés la había buscado con la mirada, entre todos, para hacer el gesto. La clave cómplice.

Cerrar los ojos. Una, dos, tres veces.

(Y el mundo estaba bien, estaba completo. No había nada que temer).

Es cierto que luego vinieron otros cumpleaños, con y sin miradas, más o menos felices. Francamente miserables también. Pero Julia parecía haber dejado una pequeña ancla en ese día, esa noche. Y no quería moverse de ahí.

Era el recuerdo que se proyectaba nonstop en su cabeza por las mañanas, bajo la ducha; el sueño que la perseguía por las noches, la idea que se enroscaba entre sus pensamientos al menor signo de descuido.

Julia se prueba unos zapatos. El color no es el que ella busca, el tacón es demasiado alto. Incómodo.

En su cabeza, en una penumbra tibia, Andrés vuelve a cerrar los ojos, sólo para ella.

Tres veces.

Ana va llevando, una a una, las cosas a su auto. No hay nadie que la ayude. A Raquel le tocó volar a Sao Paulo por el fin de semana, su madre trabaja hasta las siete (y, la verdad, no tiene ninguna intención de llamarla).

No tiene muchos amigos a los que pedir ayuda.

Antes de cerrar la puerta del apartamento por última vez, y guardar su computadora, echa un vistazo a las redes sociales. En un par de apurados mensajes de chat, le cuenta a su hermana, que vive en Estados Unidos, acerca del cambio de casa; le envía un documento pendiente a su jefe (ha pedido el día libre, pero para qué ponerse difícil) y lee un par de tweets: una noticia sobre la próxima película de Tim Burton, un artículo sobre una nueva tienda de zapatos en un blog para mujeres y un link a una canción bajo el encabezado de #mudanzas. De un chico esta vez.

La escucha. Le gusta. RT.

Cierra su laptop. Cierra la puerta y camina rumbo al auto.

Rodrigo baja lentamente las escaleras del metro. Lleva una mochila grande, con ropa y un par de libros. Los audífonos aún están en sus oídos.

Hay mucha gente en la estación a esa hora. Oficinistas con cara de cansados, muertos vivientes viviendo a penas, estudiantes cargados de libros y carpetas.

Una vez en el vagón, le cuesta encontrar un asiento vacío. Un niño se lo entrega como a regañadientes ante el comentario de su madre: ¿por qué no deja que se siente el señor?

(El señor. Palabras que lo habrían desmoralizado por completo un par de días antes pero que hoy están bien, perfectamente bien).

El metro avanza.

Julia le paga al vendedor en efectivo. Sus billetes se ven arrugados y sucios y a ella le dan ganas de pedirle disculpas. Se ha dejado los zapatos nuevos y guarda sus botines viejos en la bolsa.

Ya en la calle, choca uno contra otro.

Con Andrés veían *El Mago de Oz* todos los domingos, religiosamente. Era la película de los despertares, de las mañanas en cama, cuando el tiempo parecía estirarse, y el desayuno podía confundirse con el almuerzo e incluso la cena si no se tomaban precauciones.

Julia se siente preparada. Lista.

Mira su teléfono: no hay nuevos mensajes. Ni llamadas perdidas. Revisa Twitter. Alguien ha puesto una estrellita a su foto de peluquería. Revisa su perfil: diseñadora (sus ilustraciones son lindas), no hay ninguna foto de ella. Lo último que ha publicado es una canción, que antes ha publicado otro chico.

Hace click.

Comienza a escucharla.

Respira profundo y camina rumbo a la estación.

Ana termina de guardar sus libros en los estantes. Ya hizo la cama. Ya limpió la cocina y pasó la aspiradora en la sala.

Se sienta frente a su computador mientras mordisquea una galleta.

Rodrigo hojea una guía turística dedicada al sur de Chile.

Julia se detiene junto al andén.

Entrechoca, una vez más, sus zapatos. Repite, medio en murmullos: No hay lugar como el hogar, pero nadie la ve, nadie la escucha.

El vagón se detiene bruscamente. El libro de Rodrigo cae entre las piernas de otro pasajero.

Ha sido un día largo. Ana se recuesta en el sofá.

(Cierra los ojos).

Sobre el escritorio, y desde la página de Twitter, distintas voces anuncian retrasos en la línea uno del Metro de Santiago.

Mantener fuera del
alcance de los niños

La estación científica estaba desierta desde hace unos meses y a la editorial le había parecido una buena idea reunirlos allí: en medio de la Amazonía, con ese río turbio partiendo el mundo en dos, la humedad insoportable y los ruidos de animales al anochecer. Piénsenlo como una aventura, les habían dicho.

Eran quince escritores de distintas partes de Sudamérica y que ya llevaban varios años estudiando en Estados Unidos. Todos sin nada mejor que hacer que ir a perderse a la selva por tres semanas. Al poco tiempo, sin embargo, fue claro que allí no iban a escribir nada: los computadores no funcionaban, o se estropeaban a los pocos días debido a la humedad, y los cuadernos y libretas se desteñían por culpa del sol y el agua.

Dormían cada uno en una cabaña para tres personas, lo que a Lucía (chilena, candidata a doctora en Literatura y Estudios culturales, una novela) le hizo recordar el cuento de Ricitos de Oro y, a Rodolfo (peruano, dos libros de cuentos, Master of Arts en Humanidades), un viejo capítulo de LOST. Cada mañana se sentaban a desayunar con peor cara y las mismas quejas: que los mosquitos, que los ruidos, que el calor. Marla, la encargada de la organización, intentaba mantener una actitud positiva, subiéndole al aire acondicionado en las salas comunes (forma elegante de llamar a una biblioteca con sólo una repisa de libros – la mayoría bestsellers que habían dejado allí los científicos y estudiantes del pasado – y los únicos computadores que funcionaban). A veces organizaban paseos en bote o ridículos juegos de trivia (que siempre, por alguna razón, ganaban los escritores argentinos).

"A 95 años de *Los Cuentos de la Selva*", era el nombre que le habían dado al encuentro de escritores, por ponerle alguna cosa. La verdad es que pocos los habían leído, aunque sí recordaban, con admiración, franco terror o una mezcla de ambas, "El Almohadón de Plumas" o "La Gallina Degollada". Esos sí que son cuentos, comentó medio a gritos el único uruguayo (estudiante de un prestigioso MFA) no como los de la selva, con tortugas gigantes buena onda y moralejas para enmarcar.

Hacían caminatas todos los días. Por la mañana y por la tarde (Para que tengan material, les habían dicho). Caminatas de tres horas por senderos llenos de barro, hormigas gigantes que mordían con rabia (las congas, anotaron en sus moleskine transpiradas) y monos que los miraban desde los árboles, bien arriba y bien sorprendidos. Lucía iba con la cámara de fotos al cuello aunque poco la usaba, mucho más preocupada de ir echándose bloqueador solar y repelente de mosquitos cada dos minutos. Rodolfo la seguía, unos pasos más atrás, envuelto en otra nube de repelente.

—No es necesario, ¿sabes? Echarse tanto. Dañas el medioambiente— le dijo un día Mayer, el guía, una especie de Señor Miyagui de la selva amazónica.

Lucía sonrió coqueta y siguió caminando. El medioambiente le importaba un carajo.

Llevaba tres días tratando de escribir un párrafo sobre el calor de la selva. Uno solo, nada más. Poner por escrito esa humedad pegajosa, ese calor que te envolvía como un abrazo de felpa, ese aire caliente bajando por los pulmones. Pero nada. Parecían faltarle palabras para enfrentarse a esos escenarios tan distintos de su ciudad con sus pocos árboles y su aire siempre sucio. Podía hablar del frío por páginas y páginas pero el calor se le escapaba.

La culpa la tenía su tesis. Y su directora. Cuando le comentó que escribía, hace todos esos años, ella la había mirado con la misma expresión con que miraría a alguien (y por alguien se entiende: una hormiga) que, de improviso y en medio de una conversación académica, le saliera con que le gustaba correr por las mañanas o prefería el pan con mantequilla. Algo completamente irrelevante. Y que se podía aplastar con el dedo. Cada vez que le entregaba un capítulo de la tesis, venía con mil tarjaduras en color rojo y un implacable "guarda esto para tus cuentos", anotado en letra diminuta y arácnida (y a las arañas no se las mata con el dedo; a las arañas se les tiene miedo).

Acá escribimos con precisión, Lucía. Nada de florituras. Nada de metáforas. Al grano.

Las reglas de convivencia de la estación estaban pegadas en la parte de atrás de la puerta de entrada a las cabañas. Reglas del tiempo en que la estación científica recibía a investigadores que podían quedarse semanas explorando la vegetación y los animales sin cansarse. Entre ellas – y eran muchas: no entrar con zapatos embarrados, no echar repelente a las sábanas – se leía la más extraña de todas: por favor no tener relaciones sexuales.

A Lucía le daba risa el infinitivo de las prohibiciones, su carácter atemporal. No subjuntivo, ni conjugado en ningún tiempo. Más que "infinitivo":"definitivo". Y ese por favor, tan ridículo.

Sólo tenían luz eléctrica un par de horas al día. Momento en que los escritores se avalanzaban sobre los enchufes para recargar todos sus aparatos electrónicos. Por la noche – la luz apagada a las nueve, la oscuridad densa como esa tan cliché boca de lobo – Lucía no podía leer. Intentó con velas pero le dolían los ojos. También con la linterna, hasta que se le acalambraron los dedos y se acabaron las pilas. Le costaba dormir así, se quedaba con los ojos abiertos por horas. Por la mañana, despertaba agotada.

Al inicio de la segunda semana, Rodolfo amaneció con siete picaduras en los pies, la única parte del cuerpo a la que no había llegado el repelente. Decidió redoblar los esfuerzos, llevar la ropa húmeda de tanto aplicarse y ese olor que parecía ir marchitando la vegetación a su alrededor.

En la noche hicieron un recital poético. Los obligaron. Ninguno parecía tener muchas ganas de leer sus "creaciones". Poco habían creado. Unas descripciones algo famélicas o francamente horrendas. Nada que se pareciera a una historia. La gran mayoría hablando de la ciudad y sus desconciertos. Sus páginas en blanco parecían repeler a la selva. La frustración la tenían pegada a los rostros, a las manos. La dificultad de escribir los llevaba en un viaje de memoria y sin retorno a sus primeros años de estudio, cuando la inminencia de los trabajos finales o la entrega de algún capítulo echaban por tierra toda posibilidad de improvisar un cuento o siquiera soñar con una rutina.

Cada uno, a su manera, había intentado resistirse. Rodolfo había organizado jornadas de escritura con algunos de sus compañeros; Lucía se defendía del exceso de teoría y esos ejercicios de close reading que se hacían con bisturí en mano (o peor, cuchillo

102

carnicero), recitando de memoria y a los gritos algún poema o, su favorito, el comienzo de Pedro Páramo. Se arropaba en él, se escondía. Vine a Comala porque me dijeron que acá vivía mi padre, un tal Pedro Páramo, murmuraba mientras caminaba bajo la nieve o llegaba empapada de lluvia a clase. Mi madre me lo dijo. Y yo le prometí que vendría a verlo en cuanto ella muriera.

En las composiciones de sus estudiantes ya nada le sonaba inapropiado. "Estoy bueno" dejaba de alertar sus sensores. "¿Tuvo divertido?" la pregunta obligada después de un fin de semana o vacaciones, cada vez dolía menos en los dientes. Mientras sus profesores insistían en que la decolonización y la transculturización, la epistemología y la ontología, la cabeza de Lucía se resguardaba en el mantra infalible, que saboreaba: No vayas a pedirle nada. Exígele lo nuestro. Lo que estuvo obligado a darme y nunca me dio...El olvido en que nos tuvo, mi hijo, cóbraselo caro.".

A la tercera semana, a la escritora boliviana (candidata a doctora en Literatura Comparada, una novela, un e-book de cuentos, un blog) la mordió una serpiente y, tras la primera alusión a "A la deriva" y su final de delirio quiroguiano, empacó todas sus cosas y pidió a gritos histéricos que la llevaran de vuelta a la ciudad.

Cada vez que Mayer miraba para otro lado, Lucía aprovechaba de retocar su capa de repelente.

No eran quince escritores cualquiera, ni escogidos al azar. Eran quince escritores a punto de desaparecer. Autores en vías de extinción. Todos habían publicado alguna novela o colección de cuentos de cierto renombre durante su juventud (a todos los habían llamado "jóvenes promesas" en algún periódico o revista literaria), para luego de entrar en La Academia Norteamericana (la palabra venía con una carga ominosa, con música de estruendo y cielos nublados) haber caído en el olvido o la franca pereza. Esta era una forma de darles una última oportunidad de reivindicarse, habían sido las palabras de la organizadora, mando menor de la editorial, a quien el pelo le lucía siempre radiante y la ropa no se le manchaba con el sudor. Y remarcó: Nadie está escribiendo de esto, ¿se dan cuenta? Deberían sentirse privilegiados.

No se equivocaba: efectivamente nadie estaba escribiendo sobre estaciones científicas abandonadas por culpa de plantas petroleras que iban contaminando lentamente la zona, ahuyentado animales y destruyendo la vegetación. Es más, nadie hablaba en sus novelas, cuentos u obras de teatro, de ningún tipo de naturaleza más que la de algún macetero o planta de interior que se consumía en algún apartamento como metáfora de la decadencia de un personaje.

Comenzaron a invitar a científicos y ambientalistas para que les dieran charlas por las tardes, a ver si así se animaban a escribir, para que les contaran, con términos limpios, acerca de la historia de horror que era esta "infección de los pulmones de América", como más de alguno había decidido bautizarlo. De vuelta a sus cabañas, los escritores intentaban conjurar esas historias, ponerlas en sus propias palabras, sin mayor acierto. Las páginas quedaban pegoteadas de humedad y llenas de borrones. A la mañana siguiente ni siquiera podían leer lo poco que habían avanzado.

La comida la traían desde Quito, en embarcaciones que llegaban, misteriosas, por las mañanas. Nunca era suficiente y los escritores debieron acostumbrarse a vivir con una sensación constante de hambre apenas aplacada. Un día Mayer, durante la caminata, les enseñó unas hormigas comestibles, que tenían sabor a limón y, si bien al comienzo se mostraron reticentes a probarlas, a los pocos días se podía ver a todos los escritores con un dedo, previamente mojado en saliva, paseándolo por todos los troncos y ramas del lugar.

El mensaje ecológico de Mayer fue infiltrándose lentamente en las filas. De a poco algunos empezaron a dejar de usar repelente, luciendo sus picaduras con orgullo y evitando la tentación de rascarse. Todos, menos Lucía y Rodolfo, quienes todavía se duchaban en ese líquido pegajoso por las mañanas, para volver a fumigarse por completo por las noches, antes de irse a dormir. Sábanas, almohadas, cortinas, nada se salvaba a su lluvia tóxica.

Hubo quienes no resistieron. Un argentino, los tres paraguayos, y la exótica escritora de Venezuela fueron huyendo de a poquito con el paso de los días. Recordaban de improviso plazos impostergables para sus tesis, reuniones familiares o simplemente se escudaban en una incapacidad de convivencia. Uno en uno se los fueron llevando en botes.

Lucía y Rodolfo lo pensaron pero, la verdad, no tenían nada mejor que hacer. A ella le esperaba el trabajo aburrido en los dos últimos capítulos de su tesis y a él oficiar de ghost writer para un conocido político en Lima mientras trabajaba también en la biblioteca de la universidad.

A las dos semanas, ya sólo quedaban siete.

Los brasileros no paraban de hablar de sus obras. Que tal novela se había ganado un premio o estaba a punto de ser llevada al cine, que su libro de cuentos había agotado las primeras cinco ediciones en su minuto. Los argentinos leían todo el tiempo, el uruguayo se iba a pasear solo por los senderos mientras Lucía y Rodolfo intentaban trabajar o entretenerse dependiendo del clima. A veces ella se apropiaba de la biblioteca y se instalaba a escribir su párrafo insufrible; otras, se quedaba mirando como idiota a una tortuga que se paseaba por entre las cabañas. Lucy, la había bautizado.

El encargado de la estación era un científico ecuatoriano que estudiaba las poblaciones de monos en la zona. O eso había intentado. A los pocos meses de estar recolectando datos unos indios shuar se lo encontraron. No le hicieron nada (los shuar tienen fama de bravos, pero él supo mantener la compostura) pero sí le pidieron dinero por cada uno de los monos que él estaba siguiendo (y a quienes les había puesto una cinta celeste en sus patas a modo de identificación). Son nuestros monos, habían dicho. Pero Andrés se había negado (la suma que pedían por ellos, además, era inconcebible) y, al día siguiente, al hacer su recorrido de reconocimiento, se los fue encontrando, uno a uno, todos muertos, a tiro de cerbatana, cuchillo o envenenados.

Ese día se acabó su carrera como investigador. No solo por la pérdida de meses de trabajo. Algo frágil, como una fibra de confianza en la humanidad, se había quebrado para siempre. Ya no le interesaba proteger a la naturaleza, ya no le interesaba nada. Se ganaba su sueldo como administrador de la estación, haciendo los encargos de comida, coordinando la limpieza de las cabañas y la mantención de las embarcaciones. Era todo. Y era suficiente.

Rodolfo se ganó su confianza y él, una noche en que todos se habían ido a dormir temprano, le ofreció un pequeño tesoro: la clave para internet. Se supone que no tenemos acceso, dijo como en susurros, pero en la oficina principal sí tenemos red inalámbrica, puedes usarla cuando quieras. Para cuando eches de menos al mundo, le dijo, y le dio una llave.

Al principio intentó resistirse pero luego la curiosidad pudo más. Llevó su computadora a la oficina principal y de once de la noche a cinco de la mañana se la pasó navegando por internet. Fueron dos horas de revisar el correo y responder a algunos emails de trabajo (el político ya se estaba impacientando, una editorial pequeña le pedía a gritos el texto que había prometido hace meses para una antología), el resto se la pasó buscando información sobre Lucía. En Google, Facebook, Twitter, su Wish List de Amazon, las pocas entrevistas que habían en línea, un par de reseñas sobre su obra, un blog adolescente que ella había olvidado quitar de órbita. Esa noche se quedó dormido - durmió solo dos horas - pensando en ese brillo de su piel, mezcla de transpiración y repelente.

A la última caminata sólo llegaron Rodolfo y Lucía. Mayer los miró con algo de decepción: no llevaban cámara, sus botas llenas de barro, la piel reluciente. El guía les mostró algo desganado la planta de la que se fabrica el curare, nombre engañoso para el veneno de los indios. Les gustaba atemorizarlos con la aparente indefensión de las plantas, verlos, sobre todo a ella, abrir los ojos, enormes, como de dibujo animado. Lucía se resbaló dos veces y Rodolfo fue el primero en acercarse a socorrerla, aprovechando de tocarla un poco más de la cuenta.

El pelo le caía pegajoso por la espalda, pero a él le gustaba. Tenía la piel bastante bronceada a pesar de todas sus precauciones. Cuando llegaron de vuelta a la estación, se despidieron de Mayer con un abrazo.

Todos se encontraban ya en el comedor, con sus maletas empacadas, y ya impacientes por irse. En un par de horas llegaría la embarcación que debía llevarlos a Coca y, de ahí, a Quito.

Lucía y Rodolfo caminaron a paso rápido entre la vegetación. Al pasar frente a su cabaña, Rodolfo le tomó el brazo con fuerza y la llevó hacia la suya, un poco más distante de todas las demás. Lucía respiraba agitada mientras Rodolfo lamía su espalda, sus brazos, su cuello, como desesperado. La lengua pasaba de lo ácido a lo amargo, de la transpiración a los químicos; ambos gemían y jadeaban, golpeándose en cada una de las tres camas en las que iban quedando zapatos, poleras, shorts y ropa interior que apestaban y ensuciaban los cobertores y sábanas, violando una a una todas las prohibiciones que se anunciaban en la puerta. La transpiración parecía resaltar el sabor de tantas aplicaciones de repelente y cremas para la picazón; el sudor corría sucio entre los pechos de Lucía, entre las piernas y por la espalda de Rodolfo. Él le puso una mano sobre la boca para amortiguar sus gritos y a ella sus dedos le supieron a tierra; todo en la habitación apestaba a químicos, los cuerpos se movían con urgencia ; la respiración cada vez más difícil.

El aire pesaba, las paredes parecían palpitar.

A las pocas horas comenzaron a llamarlos. A gritos.

Los encontraron desnudos y con una mueca de asco en los rostros. Las manos aún crispadas en extrañas contorsiones. Una maleta a medio hacer, una computadora abierta en una página en blanco y cinco frascos de repelente para insectos en distintos rincones de la cabaña.

La escena sería replicada, con distintas variaciones, en dos novelas y una obra de teatro que se publicaron a los pocos meses. Todas éxitos de venta.

Actualizar

Fue por casualidad. Si por casualidad se puede entender escribir el nombre de tu hija en Google. Apretar enter. Y esperar los resultados.

Llevaba seis meses viviendo afuera. Llamaba poco, escribía menos. Sus llamadas telefónicas parecían una forma sofisticada de telegramas orales. Una cadena de monosílabos, en distintas intensidades y puntuaciones.

(Como suspiros).

Carmen vio aparecer en la pantalla todo tipo de referencias. Su nombre en la página web de la universidad, sus cuentas en distintas redes sociales.

Y un blog.

Un blog en el que Sofía parecía escribir religiosamente todos los martes y viernes. Con fotos. Con links a páginas que le gustaban, con recetas de cocina. Con comentarios de otras personas que parecían participar de su vida con frecuencia.

Su padre había muerto hace un año. Una diabetes horrible que lo había ido consumiendo lentamente hasta hacerlo sufrir un ataque cardíaco en plena clase de Filosofía de la Historia. Su hija había sido la primera en verlo. Hacía una ayudantía en una sala a pocos metros y alguien había llegado corriendo a avisarle.

Fue ella quien la llamó.

Se encontraron en la clínica, ya sin nada más que hacer. Ni decir.

A los pocos días, Sofía había postulado a la universidad en Nueva York.

Descubrió que se juntaba a cocinar con un grupo de amigos una vez a la semana. Que salía a trotar casi todas las tardes. Que, al comienzo, le había costado muchísimo el idioma, que se sentía tonta, incapaz de abrir la boca en clase. Muda. Autista. Que no tenía novio (aunque un tal Frederic posteaba comentarios a casi todas sus entradas sin que ella, jamás, respondiera). Que estaba pronta a comenzar una pasantía en una prestigiosa compañía, en un famoso edificio de la ciudad.

Nunca mencionaba a su padre.

Ni a ella.

Cuando pequeña, Sofía nunca escribió un diario de vida. Por mucho que Carmen lo intentara, comprándole cuadernos y lápices cada vez más sofisticados, con candaditos en forma de corazón o bien simples y plateados, siempre quedaban ahí, en su escritorio. Carmen luego usaba sus páginas para anotar cosas por hacer o borronear a la rápida un recado o número de teléfono.

Carmen nunca le acertaba con los regalos.

Su padre, en cambio, tenía una "puntería" perfecta. Siempre le traía el libro que ella quería leer, o la bufanda que se había quedado mirando por horas en una tienda. Ambos habían estudiado historia y habían sido también, desde siempre, cómplices.

Ella miraba desde afuera.

Incapaz de ingresar a ese círculo.

La segunda vez marcó ya el inicio de un hábito. Todos los martes y viernes se sentaba frente a la computadora, con el desayuno (una taza de café con leche y una tostada con queso) y leía.

(A su hija).

A veces Sofía posteaba por las tardes y Carmen se quedaba como en vilo, por horas, presionando con el cursor el ícono de refresh/actualizar insistentemente.

No era difícil estar pendiente pues trabajaba desde casa. Hacía tortas a pedido. Gigantes pasteles con novios muy abrazados en la cima, o bebés con cascabeles de azúcar. Se habían hecho algo famosas y costaban una fortuna, lo que le permitía a Carmen trabajar cerca, muy cerca, del computador.

Decoraba una en colores blancos y amarillos para una primera comunión cuando se decidió a hacer click en el tal Frederic. Llegó a su propio blog, uno en el que comentaba noticias, los libros que estaba leyendo, las fotos que había sacado. En una, una polaroid algo envejecida (probablemente gracias a trucos digitales) aparecía Sofía, de espaldas, en una playa. La reconoció por un pequeño tatuaje, de una estrella, en su hombro derecho.

La foto era simple y Carmen se quedó mirándola por horas. Decidió bajarla al computador y dejarla como fondo de pantalla.

Ahora al abrir el laptop podía ver a su hija dándole la espalda.

Carmen tomó el teléfono. Tenían dos horas de diferencia; serían las 4 de la tarde. La llamó.

Una voz algo adormecida le contestó del otro lado de la línea: Hola mamá.

¿Pasó algo?

Los ojos de Carmen se llenaron de lágrimas. Era triste que tuviera que "pasar algo" para poder llamar a su única hija.

No, miamor, sólo quería saber cómo estabas. ¿Cómo va la universidad?

Bien. Nada especial.

(En su blog hablaba de pánico, de palpitaciones, de no poder dormir antes de tener una presentación en clase, de salir llorando de la sala...)

Y...¿te estás alimentando bien?

Ay, mamá. Obvio que sí...o sea...normal...

Era un clásico entre ellas. Carmen preguntaba sobre su alimentación y Sofía se molestaba. Probablemente porque había sido algo rellenita en su adolescencia y las conversaciones sobre la comida le traían los peores recuerdos. Pero la madre quería acercarse a su mundo, aunque fuera un poco, sin molestarlo. Una caricia mínima. Quería saber de sus clases de cocina, qué preparaban. Si había sido idea de ella (Sofía que nunca había querido aprender de su madre, con todo lo que sabía).

Pero nada.

¿Vienes para navidad?

Lo estoy pensando. Tú sabes que, en esa época, los pasajes salen tan caros.

Pero yo te ayudo...

Ahí vemos, mamá, ahí vemos.

Para su cumpleaños, le envió un ramo de flores. Gigante.

Carmen se conectó esa mañana (martes) con ansiedad. Tal vez su hija mencionaría el regalo, o quién sabe, quizás incluso le sacaría una foto para colgarla en su blog. Ya lo había hecho con una linda pulsera que le había regalado el tal Frederic, a quien ya le contestaba los comentarios públicamente, incluyendo pequeños íconos de caritas felices y uno que otro corazón.

En conversaciones con ella, claro, no lo mencionaba ni por si acaso.

A Carmen le había tocado desocupar el closet de Gustavo. Ya se hacía demasiado doloroso abrir la puerta y encontrarse con todas esas camisas y zapatos. Guardó, eso sí, sus dos sweaters favoritos y un par de bufandas para entregárselos a Sofía.

Sería un bonito regalo.

Esperó todo el día, pero Sofía nunca posteó nada.

Al viernes siguiente, solo un link a un artículo de periódico sobre los museos en Nueva York que le había parecido interesante. Nada de flores. Nada de contar cómo había celebrado su cumpleaños.

Carmen abrió su cuenta de correo.

¿Todo bien? Escribió en el Asunto.

Nada más.

A los pocos minutos, recibió la respuesta.

Todo bien, mamá. Muchas gracias por las flores. Lindas.

Esa tarde, tenía que confeccionar una nueva torta para novios. La idea era que la novia estuviera arriba, en el piso más alto, mientras el novio escalaba por las paredes del pastel, con una flor en sus labios, para llegar a ella. La idea era cursi, pero nada qué hacer.

No era su boda.

Sofía había tenido pocos novios. Le duraban semanas, un par de meses a lo sumo. Gustavo no hacía ni el esfuerzo por aprenderse sus nombres, un poco por celos de padre y también porque sabía que no iba a verlos demasiado. Trataba de atemorizarlos en las cenas familiares, preguntando por sus notas en la universidad o, después, por sus trabajos y proyecciones a futuro. Los chicos temblaban. Pasaban a llevar las copas, arrugaban nerviosamente las servilletas.

Gustavo luego, en la cama, sonreía al recordar sus caras. Y vaticinaba con voz grave: dos semanas. Un mes.

Casi siempre acertaba.

Durante los días siguientes, Sofía se dedicó a publicar fotos. Del café que estaba tomando, de un vestido que veía en una vidriera todos los días, al ir de casa a la universidad, unas ardillas recostadas en un parque, rostros de gente. Nunca escribía más de dos líneas para contar sus historias. Parecían habérsele agotado las palabras incluso en su blog.

Tampoco había más comentarios de Frederic.

En Facebook, sus status eran siempre iguales (cansada, agotada) o alguna cita que transmitiera la misma idea.

Cuando se la topaba por casualidad en el chat solo le contaba un par de trivialidades para luego desconectarse por el resto del día. Si la llamaba por el computador, nunca quería conectar el video.

Un día le preguntó si podía ir a visitarla.

Ella respondió con evasivas: que los exámenes, que ahora hacía tanto frío, que su studio era tan pequeño y tenían que hacer unas reparaciones en el baño.

Carmen no insistió.

Intentó sumergirse en su trabajo. Tortas de novios, de primera comunión, bautizos y despedidas de soltera. Todos los martes y viernes, sin embargo, pasaba horas frente a la pantalla, esperando que Sofía dijera algo.

Cualquier cosa.

A veces Carmen le enviaba fotografías. Se pasaba largo rato escaneando imágenes de Sofía cuando niña, de ella y su padre, de los tres en alguna de sus últimas vacaciones. Pensaba que tal vez con eso lograría acercarse a su mundo, que tal vez la fotografía daría pie a que conversaran o a que ella escribiera algo relacionado en su blog. Pero nada, ella apenas agradecía los envíos. En el blog de Frederic, en un post breve y triste, comentaba acerca de "esa pena de Sofía, que parece rodearla como un halo".

Pasaron semanas y él también dejó de mencionarla.

Ya apenas escribía. A lo sumo, posteaba alguna canción que luego Carmen se encargaba de bajar y escuchar por semanas.

Su hija podía no tener voz, pero sí tenía soundtrack.Y la acompañaba como una segunda presencia, en la radio del auto, mientras recorría la ciudad entregando pedidos especiales.

(esa tristeza...como un halo)

Ese viernes, Carmen demoró más de la cuenta en preparar su café y tostadas. Al volver a la habitación, su televisor la recibió con múltiples imágenes del Empire State Building desde distintos ángulos. En la parte inferior de la pantalla se leía: tiroteo.

(En la cocina, la esperaba una torta color celeste con una cuna hecha de mazapán).

(Sobre la mesa, la masa para fabricar el bebé que iría a dormir en ella para la celebración de un bautizo).

Oraciones completas pasaron por la mente de Carmen:

La universidad de Sofía queda muy lejos de la zona.

También su apartamento.

Hoy no tiene clases.

Todo está bien.

Todo va a estar bien.

Intentó encontrarla en los diferentes chats a los que se conectaba. Probó en vano el teléfono que la redirigía, siempre diligentemente, al buzón de voz y su mensaje en un inglés algo tartamudo.

(los nervios, las palpitaciones, esas palabras extrañas, como sucias en los labios)

De pronto, un pensamiento, como un fantasma vacío, sin más contenido que el dolor y el espanto, se instaló en el estómago de Carmen.

La pasantía.

En una prestigiosa compañía.

En un famoso edificio de la ciudad.

Carmen lo creerá una eternidad, pero sólo serán un par de horas las que estará sentada frente al computador. El teléfono en la mano, llevándola siempre a la voz grabada de su hija en el contestador y, en el blog, un post con la foto del vestido que usaría en el primer día de trabajo.

Álbum Familiar

CHECK IN

Probablemente les resulto muy joven. Buscan mi nombre en sus registros y allí encuentran el de mi padre. Compartimos el mismo apellido, así que el chisme no tarda mucho en disiparse y me entregan por fin mi llave.

Es la segunda vez que estamos juntos en Varsovia. La primera fue hace ya catorce años. Han habido otros viajes. Tantas, muchas, habitaciones de hotel.

Me subo al ascensor con los audífonos aún en los oídos y la música muy bajita. Es una canción probablemente inapropiada para el momento. Una cancioncita vieja de *Virus*, un grupo argentino que le gustaba a mis padres cuando yo era niña y que escuchaban hasta el cansancio en nuestros viajes en auto. "Luna de Miel", creo que se llamaba.

Tu imaginación me programa en vivo. Mis padres siempre la cantaban, haciendo el ruidito del teclado con los dedos sobre el volante.

Caramelos de miel entre tus manos; te prometo una cita ideal.

Voy a quedarme dos semanas viviendo en un hotel en Varsovia con mi padre. No tengo más planes que "estar aquí". Fue el trato con Arturo. Darnos un tiempo, dejar que las cosas se ventilaran. Pensar.

Yo estaba de vacaciones y él, la verdad sea dicha, no moría mucho de ganas de verme al regresar a casa después del trabajo.

Mi padre no hizo preguntas. A los pocos minutos de haberlo llamado, me envió el email de confirmación de la aerolínea.

Con Arturo también escuchábamos a *Virus*. Un poco por nostalgia, un poco porque nos daba ataque de risa. Nuestra canción, sin embargo, no era la de mis padres. Con pasitos que intentaban ser sensuales cantábamos a gritos en la cocina : Me *puedo estimular, con música y alcohol, pero me excito más, cuando es con vos.*

(Siento todo irreal).

Sobre mi cama encuentro un sobre con una nota y un puñado de euros. Para que te compres algo lindo, dice. Y luego una carita feliz algo temblorosa. Sonrío. Abro las maletas y guardo mi ropa en los distintos cajones; cuelgo las chaquetas y vestidos. Es una costumbre que heredé de mi madre, que no soportaba las maletas. Todo bien mientras iban contigo en un avión o tren, pero una vez en casa o en casa transitoria, era menester (esa era siempre su expresión) desarmarlas y aparentar una cotidianeidad de cajones y colgadores.

Era/es menester. La expresión me sonaba a novela del siglo XIX.

Yo todavía la echaba de menos.

Hace un año que no lo veo, pienso. Hablamos casi todas las semanas o, al menos, nos enviamos mensajes. De mis hermanos, soy quien más me comunico con él. Fui su compañera de viajes cuando pequeña, tenemos una intimidad distinta, construida de aeropuertos y desayunos de hotel. De encuentros en el lobby después de un largo día de trabajo (para él) o un intenso turisteo (para mí). Nos reconocemos en los ojos cansados. Los mismos ojos. Mi sonrisa, en cambio, es la de mi madre.

Su canción es en inglés. La busco en el Ipod.

Close your eyes, give me your hand (darling).

Hizo que me la aprendiera a los ocho años. Con pronunciación perfecta, yo, que no tenía idea de lo que estaba diciendo. *Is this burning, an eternal flame?* Y los tíos aplaudían, pedían que volviera a cantar. Y mi papá que sonreía medio avergonzado, mientras a mi madre los ojos le brillaban.

Do you understand?

Do you feel the same?

Su soundtrack la pinta joven y tan linda en mis recuerdos de infancia. Luego vinieron muchas otras canciones, en español ("Gavilán o Paloma"), en inglés, incluso en italiano ("Es mi Vida" de Salvatore Adamo), pero si tuviera que elegir una sería ésa: "Eternal Flame" de *The Bangles*.

Un día le pedí que me la escribiera en la hoja de uno de mis cuadernos. Con su caligrafía pequeñita, como pidiendo permiso, todavía la guardo entre mis papeles. No tengo cartas de mi madre, ninguna tarjeta de cumpleaños, pero sí conservo su canción manuscrita.

Varsovia es una ciudad rara. Nos quedamos en un hotel que queda en frente de aquella torre que construyera Stalin en la ciudad. Es fea. Tomo desayuno algo desganada desde el restaurante en las alturas. Dos tostadas, un café con un poquito de leche. Un jugo de naranja. Intento mirarme desde afuera, probablemente me veo desvalida, frágil. Las manos me tiritan por el exceso de aire acondicionado. Afuera de las ventanas es primavera en Europa.

Alguna canción se escucha en versión muzak, pero no logro distinguirla. Vuelvo los audífonos a mis oídos. Busco mis recuerdos otra vez.

En mi teléfono vibra un nuevo mensaje. Un desconocido me coquetea por Twitter. Dice que salgo linda en mi foto. Sonrío, pero no contesto.

It's a little bit funny, this feeling inside..

No puedo escuchar a Elton John sin pensar en mi padre. En mi casa siempre sonaba "Sacrifice" y él cantaba "Your song" en cuanta oportunidad tuviera. Para mí, la favorita es "Rocket Man". Las guardo todas juntas en mi lista de reproducción.

La primera vez que me rompieron el corazón (y que dolió como nada nunca después en la vida), fuimos con mi padre a ver Moulin Rouge al cine. Mi primera película la fui a ver también con él: E.T, pero entonces la experiencia fue ciertamente distinta.

Ahí cantaban "Your Song" en medio de la declaración de amor que hace el personaje de Ewan McGregor a Nicole Kidman. How wonderful life is now you're in the world.

Y yo lloraba, lloraba y lloraba.

Me había mantenido estoica por semanas luego de la ruptura. Mi padre, creo, nunca me había visto llorar tanto.

(I hope you don't mind, I hope you don't mind that I put that in words...)

En medio de hipos, sentada a su lado en el auto rumbo a casa, le conté toda mi historia con Fernando. Él escuchó pacientemente y sólo atinó a decir: No te merece.

Supongo que es lo que diría cualquier padre pero a mí me sonó como la verdad más absoluta e irrevocable. Saqué fuerza de esas tres palabras; construí toda una vida sobre esas tres palabras.

Y hoy se estaba derrumbando otra vez.

PLEASE CLEAN UP THE ROOM

Por la mañana se va a trabajar temprano. El jet lag me tiene destruida. No soy capaz de acompañarlo a tomar desayuno. Eso le digo y es mitad verdad. Más que jet lag es un mensaje de texto el que me tiene sin poder desenredarme de las sábanas. Arturo pidiéndome que piense bien las cosas. Que ya no está para mis indecisiones. Que ya basta. Que crezca.

(Pero fue él el de la idea de mi viaje a Varsovia).

Nadie me enseñó que uno puede querer dejar a alguien en la misma medida en que quiere quedarse y aguantarlo todo. En ningún lugar leí que a veces dan ganas de desaparecer antes que tener una conversación difícil. Borrarse. Apagar el mundo.

Ayer, mi padre no hizo preguntas. Salimos a comer a un restaurante elegante, pidió una botella de vino y me sirvió con parsimonia. Las pequeñas ceremonias con las que tapamos el silencio y esquivamos las preguntas (preguntas como qué tal te sientes sin mamá. La echas de menos. Cuánto. Qué ha sido lo más difícil).

El día que murió, ya de vuelta de la clínica, mientras yo me daba una ducha, mi padre se quedó escribiendo en su computadora. Pensé que necesitaba desahogarse, escribir una carta, algo. Me sequé el pelo. Me cambié de ropa (los jeans que usé todos esos días terminé por quemarlos, no fui capaz de usarlos nunca más.) Cuando bajé, la computadora seguía allí mientras él preparaba café. No era una carta. Era una planilla excel. Había sacado las cuentas de los gastos de la enfermedad, había puesto en otra columna los ahorros, las propiedades, hacía planes para futuras herencias para mí y mis hermanos. Su mujer había muerto hacía horas y él tomaba un café tranquilo. Dos cucharadas de azúcar. Y una gotita de leche.

Nunca le cayó bien Arturo. Lo encontraba flojo (para él, que era un trabajólico empedernido, todos eran perezosos de la peor calaña), que le faltaba motivación en la vida. Todo porque no se quedaba hasta las diez de la noche en la oficina ni soñaba con ser gerente y jugar golf los fines de semana. Lo que en verdad dolía es que sus prejuicios eran un espejo de los míos y la sangre se me ponía espesa cada vez que Arturo llamaba al trabajo para decir que le dolía la cabeza y que iba a llegar más tarde.

Me levanto con cuidado. Me lavo el pelo y me maquillo como si tuviera una cita. Camino hasta la Ciudad Vieja de Varsovia donde las marcas de bala en las paredes de las iglesias apenas logran perturbar la inmensa belleza de sus calles. No sé decir casi nada en polaco. Buenos días, gracias, buenas noches. También sé contar, lo que ayuda para comprar comida, aunque los dedos también funcionan.

Hace años recorrí las mismas calles con el hijo de un compañero de trabajo de mi padre. Mamá ya estaba enferma y por eso me tocó acompañarlo. Samuel, el hijo en cuestión, no tenía mucho atractivo. Algo flaco para mi gusto, demasiadas espinillas para el gusto de cualquiera y una timidez casi viscosa. Pero me acompañaba a todo. Esperaba con paciencia mientras me probaba ropa por horas y me daba su opinión cuidadosa cada vez que se la pedía. Tomamos cerveza en restaurantes y bares aunque ambos aún éramos menores de edad, pero yo era alta y parecía de al menos veintitres. Una tarde le di un beso en medio de la nieve. Caían copos gordos, pesados, y costaba ver entre medio de tanta blancura. Fue un beso torpe y frío. Un capricho. Al día siguiente yo viajaba de vuelta a casa. Samuel me escribió emails por meses e incluso intentó invitarme a salir pero nunca acepté.

La canción de Samuel era "Comfortably Numb". La escuchaba todo el tiempo, en cada uno de los buses turísticos que tomamos (rumbo al ghetto, en los paseos a Cracovia y a Auschwitz).

Hello, is there anybody in there?

Papá manda un mensaje. Hoy va a llegar tarde. Me pide que salga a cenar sola. Que lo perdone. Me entretengo viendo películas antiguas en mi computadora. Pido servicio a la habitación: una sopa de cebolla, un mousse de chocolate. Intento escribirle un email a Arturo pero no hay caso. Imposible reconciliar las voces que dicen quiéreme y déjame ir.

Llevamos cinco años juntos y estoy acostumbrada a la rutina. A que sepa qué tipo de leche me gusta tomar en la mañana y cómo comportarse cuando estoy en uno de mis días de mal genio. Nos complementamos de muchas maneras: sutiles, importantes. Pero ya no hablamos, nuestras interacciones se limitan a escribirle una lista de compras y acordarme de pagar las cuentas a tiempo. Hemos llegado a ese momento triste en que todo matrimonio se convierte en una lista de supermercado.

Trato de explicarme mi propia historia a través de las canciones que escucho. Dejar que Amanda Palmer describa mi dolor y mi angustia en "The Bed Song". Que Anne Sexton me desmenuce de a poquito en cada uno de sus poemas.

Nunca pude conversar con mi madre de estos temas. Yo era muy joven. A lo más me aconsejó que fuera menos celosa e insegura con un novio que tuve por esos años y que me duró solo unos meses. No la tuve cerca cuando tuve que comprar mi vestido de novia (el primero que me probé, porque era hermoso y porque no podía seguir soportando ese ritual que se sentía tan vacío sin ella), ni cuando me hice el primer test de embarazo (negativo y el mundo se sintió inmisericorde).

Do you feel my heart beating?

Escucho los pasos de mi padre junto a la puerta. Alcanzo a apagar la luz a tiempo y hacerme la dormida.

PLEASE DO NOT DISTURB

Es fin de semana y con mi padre vamos de paseo a Gdansk. Es una ciudad preciosa. Saco fotos y se las envío a mis amigas. También una a Arturo. Pienso en ti, le escribo, y me arrepiento. Él se demora horas en responder y, cuando lo hace, es solo un: pásalo lindo. Papá me compra todo lo que miro, que supongo es su forma de decirme que me quiere y que quiere que sea feliz. Feliz y bella como me veo con ese vestido morado, con esos aros de plata, con esas sandalias. Como si no me faltara nada.

Como si no necesitara nada más.

Nunca vi a mis padres discutir, de ahí tal vez que siempre pensara que tener que hablar de algo con tu pareja fuera signo irrevocable de discordia y, por ende, debía evitarse a toda costa. Pero el silencio siempre encuentra maneras de explotarte en la cara.

Mi mamá no alcanzó a conocer a Arturo pero creo que le habría gustado. Le habría caído bien su tranquilidad, esa forma de pasearse siempre tan calmado por la vida. Me habría dicho: qué buen niño, qué linda su voz. Se habría aprendido sus comidas favoritas para preparárselas cada vez que viniera. Pero a Arturo no le tocó esa versión de las cosas. Le tocó comer en silencio con mi papá en la cocina (mis hermanos ya se habían ido de la casa familiar hace rato), platos preparados a la rápida y sin mucho cariño ni experiencia.

Yo nunca me sentí muy querida por su madre. Sentía que me miraba en menos porque no era una buena dueña de casa, porque no me gustaba cocinar, porque en las vacaciones, en lugar de tomar sol, me escondía bajo una sombrilla a leer por horas.

Visitamos un par de iglesias aunque mi padre no es muy devoto. No va ahí por Dios sino por la belleza de los ventanales, por la frescura de los templos. Se sienta en cada una de ellas (nunca se arrodilla ni se persigna) y se queda en silencio por un rato. Me pregunto qué pensará o si solo estará aprovechando de descansar, disimulando que ya no es el mismo de antes, que ya está viejo, que ya está cansado. No me habla de malestares pero he visto cómo guarda en el baño una cajita con pastillas de distintos colores divididas según los días de la semana.

El hotel de Gdansk es antiguo. Una casona con pocas habitaciones. Mi padre pide disculpas. Yo lo prefiero así. Es de noche y suenan fuegos artificiales a lo lejos. No sé qué celebran.

Una vez tuvimos una pelea con Arturo y me fui de la casa. Hice el gesto dramático y me fui a un hotel en lugar de a la casa de una amiga.

Un hotel barato, sin mucho encanto, pero al menos sin memoria. Sin fotografías enmarcadas, sin muebles comprados en común, sin posibilidad de que interrumpiera el teléfono. Nunca se lo conté a nadie. Arturo nunca supo dónde pasé la noche.

—¿qué has sabido de él? —pregunta mi padre de improviso.

—Nada mucho - le contesto. Y es verdad. Apenas un mensaje de texto para responder a mi foto y otro para avisarme que me habían llegado unos libros. Y que los había dejado sobre mi escritorio.

—¿Me quieres contar más? —vuelve a insistir.

Los dos estamos cansados. Tristes.

Mi padre y yo.

Arturo y yo.

Me quedo dormida antes de contestarle.

(LATE) CHECK-OUT

Avanzan los días y apenas nos vemos. Mi papá se levanta muy temprano y llega tarde. Yo alterno entre recorrer la ciudad y quedarme en cama, sin ducharme, sin lavarme los dientes. Y leyendo. Cuando llega yo ya estoy durmiendo así que no puede ver lo patética que he sido. No me puede ver cantando canciones a los gritos o llorando como una tonta con películas que veo en el cable. Últimamente todo me hace llorar.

Pasan los días y no decido nada. Con Arturo nos escribimos (y respondemos) con monosílabos, con frases secas. Un día nos atrevemos a hablar por Skype (un día en que sí me levanto, sí me maquillo, sí parezco un ser humano) y los dos lloramos frente a la cámara. Yo lo consuelo a él y él a mí. Parecemos dos ahogados en medio del mar, apoyándose uno sobre el otro, hasta sumergirlo, para luego cambiar de rol y que sea el otro quien se traga toda el agua.

Un día me levanto y voy sola al cine. Ha sido mi rutina de los últimos meses. Ver una a una las películas de cartelera. Compartir la sala oscura con un grupo de desconocidos. Llorar, reír con ellos. Luego volver a casa.

Al regresar lo encuentro trabajando en su computador. El escritorio de la pieza da a un enorme ventanal sobre la ciudad. Lo veo primero de espaldas y él no se voltea a mirarme.

—¿Lo pasaste bien? —me pregunta y sigue trabajando.

Yo apoyo un par de bolsas sobre la cama, me sirvo un vaso de agua.

—Sí - le respondo.

Ninguno de los dos parece tener verdaderas ganas de hablar. Compartimos el espacio de buena gana, me da una extraña tranquilidad verlo al abrir los ojos en medio de la noche. A veces son esas cosas las que sanan.

Durante los últimos días de la enfermedad de mamá, mi padre se quedó todas las noches junto a ella. Dormía en el hospital, le tomaba la mano, le leía el periódico, aunque ella ya no pudiera escucharlo. Cuando llegaba yo a acompañarlo, o alguno de mis hermanos, él aprovechaba de volver a casa solo lo necesario para darse una ducha y cambiarse de ropa. Nada más. En minutos ya estaba de vuelta, sentado en el mismo sillón, dejándonos a nosotros retomar nuestras clases y nuestras rutinas.

Una tarde, en que llegué al hospital casi cuando terminaba el horario de visitas, descubrí a mi padre sentado muy cerca de ella, susurrándole al oído. Me acerqué despacio, pensé que se estaría despidiendo (era cosa de días, de horas, nos habían dicho) pero había algo especial en el tono. Entonces lo supe: no era una despedida, era una canción. Mi padre estaba cantando algo tan suavemente que no lo alcancé a reconocer. Tiempo después se lo pregunté pero me dijo que no se acordaba. Es la pieza que falta en mi constelación de la memoria.

La despedida en el aeropuerto es breve. Insiste en venir a dejarme: para asegurarse de que todo esté bien con mi vuelo, de que coma algo antes de subir al avión, que tenga revistas para entretenerme. Me abraza una última vez y me dice: espero que seas feliz. Nada más. Camina rumbo a la puerta y no da vuelta atrás. Le queda aún un nuevo mes en Varsovia.

Yo, llego con anticipación a la puerta de embarque. Leo mis tres revistas, aprovecho de cargar mi computador. En cuanto tomo asiento en el avión me pongo un antifaz para dormir.

Nadie va sentado a mi lado.

Busco mis audífonos.

El avión despega y yo no sé, si al llegar a casa, habrá alguien esperando por mí.

Afuera

Las niñas duermen y la casa está en silencio.

Siempre le ha llamado la atención lo temprano que se acuestan acá: a las seis de la tarde ya están en pijama y es cosa de leerles un par de cuentos para que se queden dormidos. Esa parte a Sonia no le gusta. Por mucho que los libros de Lily tengan más dibujos que otra cosa, de solo pensar en ellos a Sonia le transpiran las manos. Abre la boca y las palabras salen como animales torpes, pasando a llevar todo a su alrededor: perros bien feos y con cicatrices allí donde se hunde la prominencia de su acento. No como esos que pasean por las calles de acá, con sus amos siempre pendientes tras sus pasos, bien ordenaditos y muy amarrados con sus correas.

Sonia incluso inventa texturas, sonoridades, a medio camino entre el inglés y el español. Lily no se da cuenta, es muy pequeña todavía y se concentra en los dibujos mientras sus párpados se van volviendo más y más pesados. Sonia le cuenta de Olivia, la cerdita, del 'hungry caterpillar', del Misterioso Caso del Oso y la habitación se va llenando de ladridos y palabras que suenan como rasguños contra una puerta.

Lleva tres años trabajando con la familia Ball. Lily es la única hija de la pareja (aunque cada uno tiene dos hijos de matrimonios anteriores, adolescentes que casi no conoce), un milagro de cuatro años que la señora Ball tuvo casi al llegar a los cincuenta.

La quieren, a Sonia. Le dan regalos para navidad y su cumpleaños; la dejan hacer su laundry en el basement, la invitan a pasar Thanksgiving, aunque ella siempre dice que no. No, thank you.

Al principio, la señora Ball - llámame Kathy - le había pedido que le enseñara español a Lily. Que le hablara sólo en español, para que aprendiera más rápido. Pero al cabo de tres meses fue claro que la niña no tenía ni el menor interés de adoptar la nueva lengua entre sus juguetes. Sonia le decía: Quieres-algo-para-comer, haciendo el gesto de llevarse una cuchara invisible a la boca, o ¿Tienes-sueño? mientras refregaba sus ojos e improvisaba un bostezo eterno y la niña la miraba como desde el fondo de una pecera, los ojos grandes, el mundo en cámara lenta.

Eso, o los gritos.

El señor Ball trabajaba desde casa aunque Sonia casi nunca lo veía. Su estudio quedaba en el piso superior y ella tenía instrucciones de no entrar allí a menos que él mismo se lo pidiera. El señor Ball tenía casi setenta años, el pelo blanco, y a ella - que era más bien menuda - le parecía un gigante. La señora Ball a veces lo acompañaba, aunque también tenía su propio estudio.

Sonia no entendía esto de familias que necesitaran a alguien que cuidara de sus hijos mientras ellos sí estaban en casa, pero era mejor no decir nada y recibir con una sonrisa el sobre con su dinero al final de la semana. De ahí el metro a Queens, bajo y sobre tierra, la larga caminata y la noche sin sueños en una casa que compartía con otras tres mujeres a las que también rara vez veía. Nueva York era una ciudad de fantasmas, de casas embrujadas, de mensajes dejados en un papel sobre la mesa o una nota en el refrigerador anotada con prisa.

Mientras Lily estaba en a la escuela, Sonia se encargaba de la limpieza. Era una casa de cuatro pisos en la 82 casi al llegar a Lexington, en el Upper East Side. No tan elegante como las casas y apartamentos de Madison Avenue (Sonia los había conocido en alguna de las muchas play dates de Lily, admirando el Central Park desde ventanales infinitos, mientras las niñas jugaban a las muñecas) pero lo suficiente para que le tomara largas horas (a ella y otra chica de El Salvador que trabajaba para la familia) poner ese inmenso espacio en orden.

Esa noche Zadie también se ha quedado en casa. Duerme en un saco de dormir de las princesas Disney a los pies de la cama de Lily, una cama altísima que a Sonia le da algo de vértigo. Los padres han salido a una boda en las afueras de la ciudad. Vamos a llegar tarde, había advertido con algo de cargo de conciencia la señora Ball, pero Sonia sólo había atinado a responder: No Problem. Y era cierto. No había problema. No había nadie esperándola en casa. Al menos, no de este lado de la pantalla.

Sonia sube las escaleras al estudio de la señora Ball con cuidado, no vaya a despertar a las niñas. Se sienta frente a la computadora y anota el password que Call-me-Kathy le ha dejado anotado en un post-it amarillo: HaPPy-77.

Inicia sesión.

Su hermana ya la está esperando.

Sonia tiene treinta años y un hijo de doce. Se siente vieja. No tiene canas pero es como si las tuviera. Si se viera a sí misma dentro del vagón del metro, se ofrecería el asiento sin pensarlo dos veces. Aunque en Nueva York nadie le ofrece el asiento a nadie. Una vez, Sonia había visto a una mujer embarazada de pie en medio del pasillo mientras un par de adolescentes de lo más atléticos escuchaban música muy cómodos y sentados. En esa ocasión, Sonia también estaba de pie. Cuando se bajó por fin, las lágrimas le duraron cinco cuadras. La rabia, mucho más. Ni siquiera las palabras del señor Kwong, el coreano dueño del almacén de la esquina de su casa, habían logrado reconfortarla. Ni los dulces de jengibre que siempre le ofrecía – el señor Kwong estaba seguro de que el jengibre tenía propiedades milagrosas y pasaba todo el día masticándolo o hirviéndolo en curiosas infusiones – y que a ella le dejaban la garganta como en carne viva.

La conversación con su hermana se había vuelto un rito desagradable. Escuchar sus quejas – infinitas -, predecir el momento exacto en que iba a pedirle más dinero o detectar ese tono agudo con el que pronunciaba frases como "hoy tuve que ir a una de las reuniones de apoderados de Marlon" o "me felicitaron por sus buenas notas". Para su madre, la distinción era simple y quemaba como el ácido: tu hermana, la que se quedó; tú, la que vives afuera. Por suerte, se asomaba poco a la pantalla y tampoco era dada a escribir pero quería a Marlon con una fuerza capaz de desviar tornados. Y eso era más que suficiente.

El padre había elegido el nombre. Aunque padre sonaba muy solemne, para alguien como Jhonatan. Como El Padrino, había dicho. Marlon. Marlon Brando. Y a Sonia no le había quedado otra que aceptar. Tonta ella, pensó que si él elegía el nombre, no le darían ganas de desaparecer.

A veces Lily le hace regalos a Marlon. Un dibujo de una jirafa – su animal preferido –, una bolsa de dulces para Halloween, un pequeño conejo de peluche para Pascua. Sonia los guarda todos en su maleta. Para cuando se decida a regresar.

Su prima había sido la primera en irse. Todos sabían que su marido la golpeaba. Todos sabían que llevaba un par de años guardando dinero en una cuenta de ahorro para largarse. Ahora trabajaba de cocinera en un restaurant en Miami. Había recibido a Sonia los primeros años; le había conseguido sus primeros trabajos lavando platos o haciendo la limpieza en un sucio Comfort Inn, hasta que decidió marcharse otra vez en uno de esos buses Greyhound llenos de gente y que olían mal.

Cada cierto tiempo, su prima le mandaba postales y fotos de sus viajes a Disney, el cuerpo inflado y a presión en un par de shorts celestes y una camiseta del ratón Mickey. Nunca había venido a visitarla.

A Sonia la decisión le había costado. Le seguía costando. Cada mañana sonaba el despertador y era volver a tomar su maleta, abrazar a su hijo aún medio dormido y sin entender nada, y subirse al auto de Pedro para que la llevara al aeropuerto. Pensó que se quedaría dos años, lo suficiente para juntar buenos ahorros, pero ya iban seis. Marlon había dejado de preguntar que cuándo volvía y había empezado a preguntar cuándo lo iba a traer a vivir con ella. En la escuela lo envidiaban: porque su mamá vivia en Estados Unidos, porque podía hacerle encargos para sus amigos, porque tenía las mejores zapatillas o un reloj que nadie más tenía o podría tener. Sonia llenaba cajas con ropa de marca comprada en rebaja para su hermana y golosinas, lápices o mínimos artículos electrónicos para su hijo y sus amigos. Una pequeña navidad todos los meses.

A veces, Sonia fantaseaba con tener a Marlon con ella y pasearlo por la ciudad en esos buses de dos pisos que circulaban cerca de la casa de los Ball. Solo que, en este paseo, el bus llegaría a su barrio —donde nunca había buses, ni turistas, ni gente sacando fotos— y así Marlon podría conocer el lugar donde hacía las compras, el local colombiano donde comía los domingos, el señor Kwong y sus caramelos de jengibre. Le iría enseñando algunas palabras en inglés: home, laundry, market, y las palabras los seguirían como perros feos, sí, pero meneando la cola y bien cerca.

Sonia alerta sus oídos a los sonidos de la casa. No escucha nada. Afuera, en la calle, se sienten algunas voces y uno que otro auto. Lily debe estar durmiendo plácidamente y Zadie parece una chica tranquila.

Sonia enciende la luz del estudio para que su hermana pueda verla. No tarda mucho en arrepentirse: el rostro de Gloria no puede disimular su rechazo. Sabe que está demacrada, hoy no se ha puesto maquillaje y ha sido un día largo. Sabe qué va a decirle: podrías arreglarte un poco antes de que venga Marlon. Pero Sonia no ha traido nada para arreglarse; improvisa una trenza larga con su pelo, se pellizca las mejillas para tener algo más de color en ellas.

Marlon llega cargando libros y cuadernos. Tiene tarea de ciencias y de matemáticas. Verlo siempre la desarma. Mientras su hijo le saca punta a uno de sus lápices —lápices de las Tortugas Ninja que brillan en la oscuridad; lápices que ella tuvo en sus manos hace solo dos semanas— y busca en su libro la página de los ejercicios, Sonia espanta un par de lágrimas que amenazan con lanzarse intrépidas fuera de sus ojos.

—Párate al lado de tu tía Gloria para ver qué tan grande estás - le pide y Marlon obedece de mala gana.

Ya está casi del porte de su hermana lo que quiere decir que ya está más alto que ella. Y por bastante. La tendrá que mirar hacia abajo, cuando vuelvan a verse. Tiene un par de heridas en la rodilla derecha - me caí jugando fútbol, mamá, nada grave - y ya comienzan a salirle espinillas en la frente.

La última vez que vio a Jhonatan - ahora sabe que su nombre está mal escrito y eso se siente como un triunfo algo ridículo que, sin embargo, la hace sonreir - Marlon tenía un año y medio. No guarda ningún recuerdo de su padre. Y Sonia rompió todas las fotos. En su casa su nombre se evitaba como la peste. Marlon aprendió a no preguntar. Sin embargo, tiene sus ojos.

Gloria se aleja de la pantalla para ir a hacer otras cosas. Marlon mordisquea una tostada con manjar. Allá todavía hay luz. En Nueva York, ya están a oscuras. Y hace frío.

Las dos mujeres que viven con ella ya han decidido quedarse. Han dejado de mentirse y fantasear con vuelos de regreso a sus países y sus familias; han empezado a comprar ropa de marca, teléfonos de última generación, aceptando trabajar más y más horas extra haciendo la limpieza de lujosas casas o incluso acompañar a las familias en sus vacaciones a los Hamptons. Algunas han quitado ya las fotos de sus parientes de sus cuartos y evitan nombrarlos en las conversaciones. Sonríen, sí, y parecen felices, pero el silencio las tironea hacia abajo como anclas invisibles y Sonia las escucha a veces llorar por las noches.

Tú ya te quedaste afuera - le había dicho su madre un día con rabia. La frase había salido con bilis, como gusanos viscosos escurriéndose por las junturas de la pantalla. Un comentario letal, como mordida de dragón de Komodo.

Marlon siempre veía programas de animales y le contaba sobre sus nuevos descubrimientos. Un día le había comentado que el dragón de komodo (varanus komodoensis, había especificado, orgulloso) es peligroso pero no en el sentido tradicional. El dragón de komodo muerde y deja ir a su presa, caminando lentamente tras de ella. Sabe que la herida de su víctima se infectará pronto y que, cuando caiga, él estará allí esperando. A Sonia el comentario de su madre se le había ido estancando en la sangre con los días y la sorprendía con su dolor cuando ella menos se lo esperaba: en la estación del metro, caminando de regreso a casa, preparando el almuerzo de Lily.

Tú ya te quedaste afuera.

Afuera. La expresión siempre le había parecido brutal. Vivir afuera. Porque en ese afuera que remitía a estar lejos de su país y su familia se encontraba también como un exilio de todo. Vivir afuera. Como mirar la realidad desde el otro lado de una vidriera bien gruesa. Con el corazón apagado y guardado en un bolsillo o un cajón bajo llave. Quedarse afuera, aullando del otro lado de la puerta.

Un día, almorzando con su madre en la cocina, mientras Sonia hacía la limpieza, Lily había preguntado si podían comprarla. A ella. Can we buy Sonia? —había dicho. La señora Ball, nerviosa pero entre risas, había contestado que las personas no se compraban, o algo por el estilo, pero a Sonia la cabeza no dejó de zumbarle por el resto del día. Por la tarde, le había enviado a Marlon una caja con quince figuras de la Guerra de las Galaxias, un pequeño ejército para mantener al mundo en orden.

Todos los domingos por la tarde, Sonia miraba a su hijo hacer las tareas. Le contaba de su fin de semana, de los cumpleaños de los amigos, de los programas de televisión que le gustaban, de cómo le iba en el colegio y luego abría su mochila y sacaba sus libros. Sonia lo veía esmerarse en escribir composiciones, encontrar la solución a problemas matemáticos, ponerle nombre a los distintos órganos del cuerpo humano o aprenderse de memoria las banderas de los países. A veces fallaba el sonido o la imagen se veía borrosa, pero ninguno faltaba a su compromiso. Marlon ensayaba sus presentaciones y Sonia aprendía de dragones de komodo y medusas que viven en el fondo del mar y parece que son inmortales.

Un día, Marlon tuvo que hacer un trabajo sobre el atentado a las Torres Gemelas y le pidió a ella que le mandara fotos de la Zona Cero. Sonia nunca había querido ir. En general, se sentía rara caminando de turista; sentía que le faltaba algo, o, más bien, que le sobraba todo:

una impostora. Pero por Marlon llegó hasta el lugar, hizo una fila de horas para ingresar al memorial recientemente inaugurado y sacó fotos a las piscinas que recordaban las huellas de las dos torres con un nudo en el estómago. Sonia no pudo evitar imaginar a personas saltando hacia las piscinas; el ruido del agua apenas amortiguando sus caídas y sus muertes. Había una energía rara en el sector. La gente circulaba por allí algo nerviosa. En la tienda de regalos del memorial, Sonia le compró a Marlon un bolso, un perro de rescate de peluche y varios lápices para que compartiera con sus compañeros.

Se sacó la mejor nota de la clase.

La profesora incluso había llamado a casa para extender las felicitaciones a la familia. Su hermana se lo había contado, orgullosa, durante su última sesión.

Ya se hace tarde y Marlon debe ir a dormir. Comienza a guardar sus cosas, con cuidado, con una lentitud innecesaria. A Sonia se le llenan los ojos de lágrimas. Ve la cabeza de su hijo, su pelo desordenado, sus manos con las uñas algo sucias, la correa de su reloj ya gastada por el uso. Quiere decirle No te vayas, o pedirle que duerma con el computador encendido para así poder verlo dormir. Vigilar sus sueños. Estar allí cuando despierte por la mañana. Cocinarle huevos revueltos con tomate, como a él le encanta o enseñarle los mac and cheese que tanto le gustan a Lily.

Marlon le envía una carita feliz como mensaje de chat y le sopla un beso a la pantalla.

Buenas noches, mamá.

Buenas noches, pollo.

Sonia casi puede escuchar los latidos de su corazón. Siempre le pasa después de hablar con su hijo. Durante el día anda como desconectada, mirando sin pestañear las caídas de Lily en los juegos del parque, escuchando, ausente, sus rabietas cuando no le gusta la comida o la ropa que ha escogido le queda incómoda. Es sólo después de hablar con Marlon que siente que la sangre fluye otra vez, tibia, por sus venas; que el cansancio se instala sobre sus hombros, que el miedo existe y es necesario mirar a ambos lados de la calle antes de cruzar para así no perderse nada. Ella, que ya ha perdido tanto.

Siente el sonido de unas llaves en la puerta y voces que hablan en murmullos. Sonia apaga el computador y baja lentamente hasta el primer piso.

Thank you so much, Sonia. You are a life saver.

Las palabras de la señora Ball salen cansadas de sus labios. Lleva un vestido negro muy bonito y tacones, aunque apenas puede mantenerse en pie.

¿Todo bien con Lily?

La mujer intenta practicar su español mientras busca la billetera en su bolso .

Sí, señora.

Oh, Sonia. Call me Kathy.

Kathy: la última palabra del día; un último perro husmeando bajo la mesa y buscando algo para comer, aunque demasiado cansado para ladrar o hacer desorden.

Sonia camina rumbo al metro. Aún hay mucha gente por la calle. Antes de descender, toma un pequeño desvío a una farmacia cercana. La luz, brillante en exceso, le molesta en los ojos.

Tarda un poco en encontrar lo que busca: unos parches. Curitas. De Bob Esponja, de colores, de Las Tortugas Ninja.

Para las rodillas de Marlon.

AGRADECIMIENTOS

A Asdrúbal Hernández por confiar en estos cuentos.

A Sebastián Vicente por leerlos, hace años, y confiar también. Por ser el primer gran fan de "París por la ventana". Sin su lectura, amor y paciencia probablemente nada existiría.

A los miembros de la Comunidad Q: Denise, Martín y Mónica. Por la amistad, la complicidad y la inspiración. También a José Cornelio y Ana María Ferreira, mis compañeros de aventuras en Ecuador.

A mis lectores de tantos años: Guillermo García, Juan Pablo Vilches y Pablo Camus.

A Pedro Medina por invitarme a colaborar en Suburbano y abrirme tantas puertas.

A Antonio Díaz Oliva, por editar "Salir corriendo".

Al Consejo de la Cultura y las Artes de Chile, por ayudarme con una Beca de Creación Literaria a trabajar en algunos de estos cuentos.

A mis profesores de Georgetown que ayudaron a que estas historias existieran de formas que ni se imaginan: Michael

Ferreira, Carolyn Forché, Emily Francomano, Tania Gentic, Gwen Kirkpatrick, Ron Leow, Joanne Rappaport, Nicole Rizzuto, Verónica Salles-Reese, Vivaldo Santos, Patrícia Vieira y Alejandro Yarza.

A Liliana Colanzi y Edmundo Paz Soldán, porque fue en Cornell donde leí por primera vez uno de estos cuentos y fue en su basement donde firmé el contrato para publicarlos. Ithaca te da el viaje y los libros, siempre.

Y a mi familia, especialmente a mi ahijada Valentina, deseándole siempre una felicidad sin instrucciones.

Gracias especiales

A todos los que me ayudaron a "salir corriendo" (de la mejor manera) con sus donaciones para el hospital St Jude. Corrí 31 kilómetros y junté 2150 dólares para ellos.

Gracias Infinitas a todos ustedes:

Matthew Harbison, Joseph Callahan, Silvia Marijuan, Gregory Jones, Daniel Riggs, Eduardo Dib, Marta Pereira, Christian Ortega, Alfredo Poggi, Diana Marcela Hajjar, Allison Caras, David Walbaum, Juan Morandé, Daozhi Xu, Claudia Esquivel y Óscar Gálvez, Alfonso Navia Olivares, Alfonso Navia Torelli, Eleonora Torelli, Celia Zamora, Neekta Khorsand, Elizabeth Wijaya, Nicole Guitriot, Anthony Perry, Colleen Moorman, Pablo Camus, Cecily Raynor, Mercedes Valdivieso y Ariel Zach.

Novedades:

www.sudaquia.net

Colección Sudaquia

Otros títulos de esta colección:

Colección · Sudaquia

www.sudaquia.net

Made in the USA
Charleston, SC
22 August 2015